19세기 초엽,
김이익의 유배 현실과 유배 시가의 창작

이 논문 또는 저서는 2016년 대한민국 교육부와 한국연구재단의 지원을 받아 수행된 연구임 (NRF-2016S1A5B5A07921091)

This work was supported by the Ministry of Education of the Republic of Korea and the National Research Foundation of Korea (NRF-2016S1A5B5A07921091)

19세기 초엽,
김이익의 유배 현실과
유배 시가의 창작

남정희

보고사
BOGOSA

머리말

　오래된 옛 시가를 읽고 감상하고 더해서 작품의 문맥을 파악하는 작업은 쉽지 않다. 흔히 사람들은 이 일을 마치 긴 시간의 흐름을 쫓아서 과거 시가의 문학적인 의미를 찾아가는 낭만적인 여행처럼 여긴다. 그러나 실제 이 여행은 생각만큼 재미있지도 감상적이지도 않다. 솔직히 말하면, 도대체 시가 속에서 우리가 무엇을 마음으로 느끼고 어떤 말을 아름답다고 해야 할지조차 모호할 때가 더 많다. 그것은 아마도 까마득한 과거에 살았던 사람과 21세기를 사는 사람이 공유하는 의미와 공감하는 정서가 서로 다르기 때문일 것이다. 즉, 도덕과 감정은 시간의 흐름 속에서 늘 새롭게 인간의 삶 속에서 재구성되고 있다.

　조선시대의 노래와 시를 수년 동안 마주하면서 필자 역시 이런저런 어려움을 겪었다. 조선은 전근대 국가이지만, 현재의 대한민국과 가장 멀지 않은 시공간에 존재하고 있었다고 할 수 있다. 따라서 현재 우리들의 감정과 의식에는 조선의 문화적 유산이 매우 깊고도 넓게 자리 잡고 있다. 글과 말, 그리고 노래에도 조선의 감수성은 물 흐르듯이 자연스럽게 스며들어 있다. 국문 시가의 연구사를 따라가 보면, 연구자들 역시 연구 과정에서 조선의 미감과 감수성이 어떻게 시가 작품을 통해서 형성되고 발전되고 변화되는지에 늘 주목하고 있다. 그리고 이런 연구에서 중요하고 유의미한 자산은 조선의 엘리트였던 사대부들이 창작하고 향유하고 계승했던 작품들이다. 사대부들은 시조나 가사를 창작하면서 자신이 속한 시대의 가치관과 도덕률, 미감과 감수성을 드러냈다. 달과 꽃을 바라보면서 산과 강을 가로지르면서 마음을 닦고 충역의 시비를 겪으면서 세계에 대한 관점과 시대에 대한 자신의 신념을 노래했다. 그리하여 어떤 작품에서는 본심을 감추고 우회해서 표현하기도 하고, 또다른 작품에서는 생경한 윤리를 그대로 드러내기도 하였다. 어찌되었든 사대부 문인의 시조와 가사에는 시대적 감성과 호응하는 작가만의 개성이 표출되었다.

조선의 사대부들이 노래했던 대상은 그들의 사유 세계만큼이나 그 폭이 넓다. 작품에서 작자는 감정의 파고를 격렬하게 드러내지는 않지만, 깊은 해저에서 유유히 움직이는 물결처럼 다채로운 감정들을 감아서 안고 있다. 그러므로 사대부의 시조나 가사를 독해할 때, 텍스트에 대한 선입견을 멀리하고 시어를 반복해서 새김질하고 차분하게 정시할수록 작품의 묘미를 얻기 쉽다. 그리고 이러한 사대부의 시가 작품들 중에서 독자로서 가장 선명한 주제 의식과 정서적 반응을 기대할 수 있는 것이 바로 유배 시가이다. 유배 시가는 조선전기부터 유배형을 당한 사대부가 적소에서 자신의 심회를 풀어 쓴 대표적인 장르이다. 국문 시가의 경우에 시조보다는 가사를 선택하여서 유배형을 당한 자신의 억울한 처지를 서술하고 자신이 죄가 없음을 다양한 화법을 동원하여 풀어썼다. 유배자인 작자는 자신에게 유배형을 내린 권력자와의 긴장과 불화를 전제하고 작품을 통해서 대사회적 발언을 한 것이었다. 유배 시가는 작자 자신의 충성스러운 마음을 고스란히 드러내었지만, 현실에서 작자는 대개의 경우 반역에 몰려 있었다. 그런데 이런 아이러니한 상황은 노래의 내외부에서 오히려 작품의 문학적 밀도를 높일 수 있었다.

이 글에서는 조선 후기의 경화사족이었던 유와(牖窩) 김이익(金履翼)의 유배 체험을 바탕으로 한 유배 시가 작품들을 독해하고 분석하는 데 초점을 맞추고 있다. 김이익은 18세기 후반에서 19세기 전반에 걸쳐서 고위 관직을 역임하면서 첨예한 갈등이 있었던 현실 정치의 전면에서 활동했던 작가였다. 안동 김문의 후손으로서 김창업의 증손이었다. 널리 알려져 있다시피 서울에서 세거하며 명문이었던 안동 김문은 장동 김씨라는 별칭이 있을 정도였고, 학문과 의리의 양쪽에서 독자적인 가풍을 이루어내기도 하였다. 김이익은 정조대에 환로에 올라서 노론 시파의 중요 구성원으로서 왕이 서거하기 이전까지 활발하게 정파적인 움직임을 계속하였다. 정조 시대 노론계 인물로서 어느 정도 전형성을 띠고 있다고 할 수 있을 것이다. 큰 역경 없이 관료로서 살아가던 김이익에게 닥친 가장 큰 고난은 바로 1800년이 시작되던 해에 일어난 정조의 갑작스러운 서거였다. 정조가 서거한 후에 김이익은 실권을 잡은 벽파에게 임금을 기망했다는 죄목으로 몰려 유배형을 받게 된다. 그리고 5년간의 금갑도 유배 기간 동안에 가사 한 편과 다수의 시조 작품을 창작했다. 이 작품들에서는 유배라는 외부적 조건 속에서 작자가 자신을 둘러싼 세계와 마주하며 감응한 내용들을 드러내고 있었다.

이 글에서 필자는 19세기 초엽인 1802년에 창작한 김이익의 유배 시가 작품들 속에서 드러나는 작자 자신의 내면과 세계 인식이 어떠했는지를 탐구해 보고자 하였다. 창작 시간이 이른 가사 〈금강중용도가(金剛中庸圖歌)〉를 먼저 분석하고, 이어서 『금강영언록(金剛永言錄)』에 실려 있는 시조 50여 수를 검토하였다. 텍스트가 생산된 맥락을 폭넓게 파악하고자 1800년을 전후 한 시간에 일어난 사건들을 먼저 재구해 보았다. Ⅱ장에서 1800년 즈음의 현실 정치의 파고를 계기적으로 인식하고 정조와 김이익이 관련된 문제를 정국의 동향과 연결 지어서 서술하였다. 동시에 남해의 고도였던 금갑도에서 이루어진 유배의 일상과 시가 창작의 과정도 함께 살펴보았다. Ⅲ장에서는 〈금강중용도가〉를 주요 분석 대상으로 삼아서 시상의 전개 과정과 독서기와 유사한 양상을 띠고 있는 구조의 특징을 고찰하였다. 이 장은 『어문연구』 91집(2017)에 발표했던 논문의 내용을 수정 보완하고 확대하였다. Ⅵ장에서는 유배 시조들을 제재별로 유형 분석한 내용을 토대로 하여서 작자가 서정시를 통해서 드러내려 한 세계와 정서적 반응을 분석해 보았다. 논의를 마무리하는 과정에서는 김이익의 유배 시가가 조선 후기 시가사의 흐름에서 차지하는 위치에 대해서 필자 나름의 의미 부여를 해 보았다. 궁극적으로 이 글을 통해서 필자는 김이익 소작 시가에 대한 분석이 19세기 초엽 국문 시가의 변모 국면을 파악하는 데 기여할 수 있기를 기대했다.

최근 몇 년 동안 필자는 창작의 시간상을 고려하면서 조선 후기 사대부 유배가사 작품을 독해하는 작업을 계속하고 있다. 사대부 유배가사들을 읽고 작자의 내면세계를 탐구하는 일들은 텍스트 내

외부를 상세하게 검토하고 그들이 살았던 세상을 상상해 보는 것이다. 그리고 추론과 상상의 연결을 통해서 텍스트에 드러난 의미의 실타래를 엮어내고 있지만 그 일이 쉽지만은 않았다. 그리고 이러한 작업의 첫 번째 결과물로서 이 책을 내기로 하였다. 작은 결과물이지만, 향후에 진행하려고 하는 다음 작업들을 위한 디딤돌로 여기고 있다. 이 연구를 진행하고 출판하는 과정에서 한국연구재단의 지원을 받았다. 우리는 과거가 현재와 연결되어 있다는 점을 늘 기억해야 하고, 더불어 고전 연구자들에게 더 많은 지원이 있기를 기대한다. 끝으로 변화하는 삶 속에서 시간이 흐를수록 더욱 단단한 우애를 주는 형제들에게 고마운 마음을 전한다. 늘 가까운 곳에서 그늘이 되어 주시는 어머니께 마음 깊이 감사한다.

2019년 7월

남정희

차례

I. 논의의 시작

　18세기 이후에 창작되는 유배 시가 작품들에서는 후기적인 변모를 감지할 수 있는 분명한 분기점들이 나타난다. 다수의 조선 후기 유배가사에서는 작가의 상상이 아니라, 실제 유배의 체험이 작품 속에서 그려지는 사실주의적 경향을 보여준다. 유배시조는 거의 창작되지 않았다. 그러나 이러한 유배시가에서 나타나는 경향성을 조선후기 시문학의 일반적인 변모와 동일한 궤도로 파악하면, 유배시가에 나타나는 다기한 변화의 지류들을 오히려 포착하지 못할 수 있다. 그러므로 우리는 소위 후기적인 요소가 눈에 띄게 많은 작품만이 아니라, 겉으로 보기에 그렇지 않은 작품에도 주의를 기울일 필요가 있다. 궁극적으로 입체적이고 풍성한 논의를 위해서는 기존의 연구에서 크게 주목하지 않았던 작가와 시공간으로 시선을 확장할 필요가 있다. 그리고 이러한 문제 의식하에서 이 글에서는 김이익과 그가 창작한 유배 시가 작품들을 주목하게 되었다.

　18세기 후반에서 19세기 초엽에 사대부로서 사대부의 계급적 정체성을 지닌 채 다수의 국문 시가 작품을 생산한 창작자는 그리 많

지 않다. 더욱이 작품 속에서 당대의 미감과 정서를 반영하면서도
문학적 성취의 측면에서 상당한 수준을 보장할 수 있는 작자는 손
으로 꼽을 정도이다. 사대부 시조 창작의 경우에 18세기에 이정보,
19세기에 이세보를 대표적으로 거론할 수 있다면, 김이익(金履翼)은
이 두 작가 사이의 시공간에 위치해 있다. 여기에 더해서 그의 국문
시가 작품은 모두 유배라는 정치적 현실을 배경으로 한다는 점에서
도 매우 특징적인 측면이 있다. 신분적인 귀속성을 따져 보면 김이
익은 조선후기 경화사족 벌열 출신이다. 조선후기의 가장 주류적인
당색이었던 노론이기도 하다. 18세기 조선사회는 한 개인보다는 그
인물이 소속된 집단이나 당색이 그의 정체성을 결정하는 중요한 요
소였다. 더욱이 김이익이 태어나고 자란 안동 김문은 17세기 이후
조선의 사대부 지식인 사회에서 막대한 영향력을 발휘하였다. 가문
내부에서는 김이익의 고조부, 증조부 세대부터 가사와 시조를 창작
하고 향유했던 문예적 전통이 자리 잡고 있었다.[1] 이와 같은 점에서

---

[1] 김이익의 선조 대에 속하는 김상용이나 김상헌, 그리고 증조부인 김창업 역시 시
조를 창작하였다. 서울의 북촌에 자리 잡았던 장동 김문이라고도 일컬었던 이 가
문은 특히 집안의 불행과 가화를 기록하여서 후대를 위한 경계로 삼기도 하였다.
가기(家記)와 같은 부류를 통해 절의, 가화를 교육하고 가족 내에서 그것을 기억하
는 집단 전승도 진행되었다. 그리하여 김상용의 강화도 순절과 추숭 과정을 기록
한 『김의정강도정축록(金議政江都丁丑錄)』(『仙源江都錄』)과 국문본 『선원강도
록』, 기사환국으로 죽음에 이른 김창집의 『임인유사(壬寅遺事)』와 국문본인 『임
인유교』, 임종 당시의 정황을 기록한 『성산유사(星山遺事)』 등을 만들 수 있다.
가기를 통해 후손들은 병자호란, 환국 기에 입은 가화의 시말을 생생하게 기억하
고 가문의 정체성을 각인하였다. 중요한 저술은 또한 거의 국문으로 작성되어 독
자층을 넓히고 교육 효과를 배가하였다. 김이익의 가사와 시조 작품도 국문과 한
문으로 모두 기록되어서 전해지고 있다. (이경구, 「조선후기 안동 김문의 의리관」,
147쪽 참조, 『조선시대사학보』 64, 조선시대사학회, 2013, 133~160쪽.)

김이익의 시가 작품은 개인과 시대를 이해하고 그 시문학적 관습과 미의식을 고구하는 데 유의미한 텍스트이다.

이러한 점에서 김이익의 국문시가는 기존의 연구자들의 관심을 끌어냈다. 작품의 발굴은 80년대 후반에 이루어졌고 연이어서 초기적인 연구가 이루어졌다. 1985~86년에 『향토연구』 1집과 2집을 통해서, 『금강영언록(金剛永言錄)』 소재 시조들과 가사 〈금강중용도가(金剛中庸圖歌)〉가 소개되었다. 이어서 1990년에 송정헌이 김이익의 저술인 『관성잡록(觀城雜錄)』을 발굴하고 책의 「잡저」 〈가곡〉에 기록되어 있는 시조 10수를 학계에 보고하였다.[2] 이 과정에서 작가의 생애와 작품에 대한 전반적인 내용이 1985년에 강전섭에 의해서 학계에 소개되었다. 먼저 강전섭과 이상보에 의해서 서지적 연구에 기댄 초기 연구가 진행되었고 이후로 본격적인 개별 작품론이 나타나기 시작했다.[3]

---

2) 김이익의 시가는 1985년에 『향토연구』에 처음 소개가 되었다. 그 후에 시가와 관련한 문헌적 연구는 강전섭과 이상보가 후손인 김태진 씨의 집을 방문하여 직접 확인하여서 학계에 그 자료적 실상을 보고하였다. 『금강영언록』이라는 제명 하에 시조 50수와 가사인 〈금강중용도가〉가 발굴되었고 작품에 대한 해제가 이루어졌다. 그 후 1995년에 송정헌이 김이익 소작의 다른 시조 작품들을 찾아내어서 좀 더 많은 시가 작품들이 학계에 소개되었다. 김이익이 1788년에 영의정 김치인을 탄핵하다가 도리어 함경남도 이원으로 유배를 당하게 되었고, 그 시기에 『관성잡록』을 저술하였다. 그 『관성잡록』의 〈잡저〉에는 가곡으로 수록된 시조 작품이 10수가 있다. 그러므로 전체 시가 작품의 규모는 가사 1편과 시조 60여 수가 남아 있는 셈이다.

3) 강전섭, 「〈금강중용도가〉에 대하여」, 『한국학보』 11권 3호, 일지사, 1985; 강전섭, 「『금강영언록』 연구서설」, 『동방학지』 53, 연세대학교 국학연구원, 1986; 이상보, 「유와 김이익의 시가 연구」, 『어문학논집』 6, 국민대학교 어문학연구소, 1987; 송정헌, 「김이익의 유배시문 연구―『관성잡록』을 중심으로」, 『국어교육』 90, 한국국어교육연구회, 1995.

먼저 가사에 대한 기존의 연구를 살펴보자. 〈금강중용도가〉는 그 제목이 지시하는 것처럼, 중용의 내용을 작품화하고 있으므로 유배의 체험에 초점을 맞추는 전형적인 유배가사와는 거리가 있다. 이 점에서 기존의 일부 연구에서는 작품 자체를 유배가사의 범주에 귀속시키지 않았다.[4] 연구자들은 일반적으로 이 작품에는 김이익이라는 경화 명문가의 사대부가 보여주는 보수적인 세계관이 표현되고 있다고 평가한다. 그런데 최근의 연구에서는 기존의 평가와는 결이 다른 주목할 만한 결론을 도출하고 있다. 〈금강중용도가〉는 유배가사의 흐름을 잇고 있으며 개인적인 삶의 기록으로서 자전적 술회의 면모가 강하지만 그것이 선왕을 향한 충으로 이어진다는 것이다. 결과적으로 '나'를 드러내는 글쓰기가 개인의 내면으로 향하지 않고 외부로 발산되어 공적인 자아를 공고하게 만든다고 보았다.[5] 이 점은 김이익의 〈금강중용도가〉가 조선후기 가사의 사실주의적 경향성과는 그 괘를 달리하고 있다고 본 것이다. 한편 기존의 전형적인 사대부 유배가사와 변별되는 어떤 독자성을 인정한다. 이

---

4) 조선후기 유배가사를 통시적으로 다루는 일련의 연구들에서 〈금강중용도가〉는 유배가사군에서 배제되기도 한다. 2000년대 이후에 유배가사를 통시적으로 연구한 학위논문들을 살펴보면 다음과 같은데 연구자들에 따라서 이 작품을 유배가사의 유형 속에 귀속시키지 않는 경우도 나타난다. 이현주(「유배가사의 연구」, 전남대 박사학위논문, 2001.)는 〈금강중용도가〉를 유배가사의 범주에서 제외시켰다. 반면에 우부식(「유배가사 연구」, 충남대 박사학위논문, 2005.)과 주혜린(「조선후기 유배가사의 서술방식과 내면의식」, 고려대 석사학위논문, 2014.)은 〈금강중용도가〉를 유배가사로 귀속시켰다.

5) 정인숙, 「19세기 초 사대부 시가의 한 국면-김이익의 유배가사를 중심으로」, 『국문학연구』 31, 국문학회, 2015. 〈금강중용도가〉의 전사와 한역에 대해서는 정인숙의 논의를 참조.

것은 조선후기 유배가사의 변모 양상과는 색다른 측면이 있음을 부각시켰다.

흔히 기존의 연구에서 조선후기 유배가사는 전기 가사에서 허구적이고 주관적인 정서가 표출되고 있는 데 비해서 사실주의적인 경향이 나타난다고 파악된다.[6] 이러한 논의들은 거시적인 구도를 조망하면서 개별적인 작품을 이해하는 데 기여했다. 현재는 이 큰 흐름에서 개별 작가들의 문학적 독자성을 주목하는 연구들이 부각되면서 좀 더 구체적이고 세부적인 지류들로 나뉘고 있다. 〈금강중용도가〉의 연구 역시 이런 연구사적인 흐름과 구도 속에서 진행되었다. 이미 지적했다시피 그것은 일정 정도의 성취를 이루었고 작품의 전반적인 이해도를 높이는 데 기여했다. 그러나 연구자가 유배가사라는 先관념을 가지고 이 작품을 처음 대면했을 때 갖게 되는 생경함과 의문을 완전하게 해소해 주지는 못했다.

유배시조의 경우 초기 연구에서는 김이익 소작 유배시조의 전체상을 파악하기 위해서, 작품들을 제재 및 주제 중심으로 유형화하여서 유배 현실에 조응한 작품 세계를 파악해 보고자 하였다. 이후 이성 유배 시에 창작된 『관성잡록』 소재 유배시조와 『금강영언록』 소재 유배시조를 비교해서 특징을 짚어내고 후자에서 노년의 차분

---

6) 김혜숙, 「유배가사를 통하여 살펴본 가사의 변모 양상」, 『관악어문연구』 8집, 서울대 국어국문학과, 1983; 최상은, 「유배가사 작품 구조의 전통과 변모」, 『새국어교육』 65집, 한국국어교육학회, 2003; 최현재, 「조선시대 유배가사의 흐름과 경향성」, 『한국시가연구』 33집, 한국시가학회, 2012; 양정화, 「유배가사의 담론 특성과 사적 전개 양상」, 성균관대학교 박사학위논문, 2014.

한 정서를 표현하고 있다고 보았다.[7] 최근 연구에서는 가사와 시조를 통합적으로 파악하고자 하는 시도가 나타났다. 즉, 두 장르의 작품들이 동일 연도에 계기적으로 창작되었던 맥락을 고려해서, 『금강영언록』의 유배시조들을 분석하는 과정에서 〈금강중용도가〉의 내용적 특성을 비교하여 시조 작품의 특징들을 부각시키고자 하였다.[8] 연구의 결과 〈금강중용도가〉에서는 긴호흡으로 일관된 연군의 정서가 드러나고, 유배시조에서는 현실 상황을 두루 판단하면서 좀 더 누그러진 어조로 소소한 일상이 그려졌다고 보았다.

　이처럼 김이익의 유배시조에 대한 연구는 김이익의 시조 작품들에 나타나는 특질과 경향성을 밝혀서 이해의 폭을 확대시켰다. 동시에 격심한 정치적 변동을 겪었던 사대부 작가가 창작한 유배시조에서 단형의 형식 테두리 안에서 어떠한 방식으로 정서를 표출하는지에 주목하였다. 이 과정에서 연구자들은 김이익의 유배시조에서 신분에 어울리는 보수적인 태도를 감지했고 그러면서도 동시에 개인의 사적인 감정이 일상어를 통해서 솔직하게 드러나는 측면도 있음을 지적했다. 그러나 이러한 성과에도 불구하고 여전히 김이익의 유배시조에 대한 연구는 보완해야 할 부분이 남아 있다. 작품 전체를 일관해 보면, 흔히 예측할 수 있는 유배자가 경험하는 분노나 좌절이 드러나지 않고 있다. 그렇다면 왜 작자는 유배의 고

---

7) 정흥모, 『조선후기 사대부 시가에 나타난 세계 인식』, 월인, 2001.
8) 정인숙, 「금강영언록 소재 김이익의 유배 시조 연구」, 『반교어문연구』 43집, 반교 어문학회, 2016.

통보다 개인적 일상이나 세태의 변화에 더 관심을 기울였는가 하는 일차적인 의문이 생겨난다. 기존의 연구에서는 이 점을 작자 자신이 기득권 사대부로서 가지는 계급적 정체성으로써 주로 설명하고 있다. 그러나 이러한 해답을 통해서는 작가의 창작 의도를 심도 있게 파악하기 어렵고 동시에 작품 자체를 입체적으로 이해하기가 쉽지 않다.

현재까지의 연구 성과를 통해서 감상자나 연구자는 19세기 초엽에 창작된 김이익의 유배시가가 드러내는 세계와 미감을 감지할 수 있었다. 또한 그의 시가가 차지하는 문학사적인 좌표를 어느 정도 가늠할 수도 있었다. 그런데 여전히 연구 내용의 깊이에서 보완해야 할 측면이 있다고 본다. 무엇보다도 먼저 김이익이 창작한 작품들은 시간 차가 있었는데 그들 사이에서 존재하는 문학적 특성들을 정연하게 설명하지 못했다. 동시에 시대적 문맥 속에서 작가의 내면을 움직인 창작의 동인 역시 정밀하게 탐색되지 못한 아쉬운 부분이 남아 있다. 18세기 사대부 작가가 유형(流刑)을 당하면서 인식하는 충의 관념 역시 그 내용이 좀 더 면밀하게 설명되어야 한다. 결과적으로 김이익의 작품들 전체를 포괄하는 종합적인 고찰과 정밀한 시대 문맥의 재구가 충분히 이루어지지 않았다. 그러므로 본 논의는 이러한 연구사적으로 미진한 부분들을 보완해야 한다는 문제 의식에서 출발하였다. 그리고 조선후기의 시가문학사적인 흐름을 논의의 저변으로 놓고 작가로서 김이익의 위치를 살펴보고 작품의 미적 가치를 탐색해 보고자 하였다.

김이익의 작품들은 정조의 집권기였던 18세기 후반에서 순조가

즉위한 19세기 벽두에 걸쳐서 창작되었다. 김이익은 60여 수의 시
조 작품과 1편의 가사를 남기고 있는데, 이 시기 여타의 다른 경화
사대부의 작품 창작량과 비교해 보았을 때 상당한 분량이라고 볼
수 있다. 18세기에 창작된 유배시조는 이재식의 재구에 의하면[9] 그
수가 극히 미미하다. 확실하게 유배지에서 썼을 것으로 추론되는
작품이 김이익의 소작을 제외하면, 이광명 3수, 장붕익 1수, 조명리
2수에 불과하고 그것도 확실한 문헌적 기록이 아니라 작품의 시상
전개 및 시어의 사용, 그리고 작가의 전기적 상황을 고려해서 판단
한 것이다. 그러므로 김이익이 유배의 경험을 시조와 가사로 형상
화하고, 또 그것을 특별한 기록으로 남긴 것은 매우 주목할 만하다.

  이 글에서는 이러한 텍스트의 현존 상황을 검토하면서 조선 후기
사대부 시가사에서 의미 있는 텍스트로 여겨지는 김이익의 시가 작
품들을 깊이 있게 분석하고자 노력하였다. 동시에 작품이 생산된
정조 대의 사회적, 정치적 조건들을 입체적으로 탐색하여 컨텍스트
의 폭을 넓혀서 심도 있는 작품의 이해를 도모하였다. 이러한 전제
위에서 작품 속에서 드러내는 내면적, 대외적 목소리의 지향점을
상세하게 밝히고, 화자가 유배의 공간을 인식하고 재구성하는 과정
에서 드러나는 의식 지향이 무엇인지로 논점을 맞춰 논의를 진행하
였다.

  결과적으로 필자는 다음과 같은 측면에서 이 연구는 어느 정도
의미를 획득할 것으로 기대한다. 첫째, 〈금강중용도가〉의 독해를

---

 9) 이재식, 「유배시조 범위 재고」, 『건국어문학』 21·22집, 1997.

통해서, 조선후기 유배가사가 변모하는 다양한 양상들을 이해하는 데 일조할 것이다. 18세기 후반에서 19세기 초반이라는 특정 시간에 연구자의 시선을 집중해서 변모의 특징적인 국면을 부조화시킬 수 있으리라 기대한다. 둘째, 본 연구에서는 유배시가의 후기적 특성을 경화사족 주류 작가의 작품을 통해서 분석하고, 그것에서 변모의 요인을 추론할 수 있을 것이다. 유력 가문과 당파적 요소를 감안하면서 그것을 정조 시대의 정국 동향과 관련 지어 논의를 진행한다. 결과석으로 작자가 작품 창작의 과정에서 외부적 논리를 어떻게 수용하고 반응하는지를 효과적으로 관찰할 수 있으며, 그 과정에서 시가의 사회적 소통과 기능으로 논의를 확장할 여지가 있다. 셋째, 작품들을 정밀하게 분석하는 과정에서 유배의 체험을 형상화 하는 방식이 전통적인 창작의 관습과 비교해서 유사점과 차이점은 무엇인지를 생각해 볼 여지가 생겨날 것으로 본다. 궁극적으로 조선후기 시가사의 전모를 보다 다채롭게 드러내고자 할 때, 본 연구는 의미 있는 시도가 되리라 기대한다.

이 글을 통해서 분석하는 작품들은 18세기 후반에서 19세기 초엽에 창작된 것이다. 김이익은 18세기 후반에 환로에 올라서 정조 정권기에 정치적 영욕을 경험했다. 세 번의 유배를 경험했고 그것이 다수의 시가를 창작하는 배경이 되었다.[10] 이 글에서는 창작이 집

---

10) 김이익은 세 차례의 유배를 경험했는데, 1차와 3차 유배에서는 시가를 창작했다. 그러나 2차 유배에서는 시가 창작물이 남아 있지 않는데, 이 경우에는 유배 자체에서 정치적인 성격이 약하고 유배의 시간이 1년이 채 되지 않아서이기도 할 것이다.

중되었던 시기인 1800년의 유배의 경험을 토대로 한 작품을 대상으로 하여서 집중적인 논의를 전개한다.

그러나 특별한 개인적 경험을 기록으로 남기는 김이익의 성향으로 보건대, 차후에라도 작품이나 저술이 발견될 수 있는 가능성은 여전히 남아 있다고 보인다.

시기	유배지	작품	출전
1차 유배 (1788, 정조 12년)	이원	시조 10수	『觀城雜錄』
2차 유배 (1793, 정조 17년)	철원		
3차 유배 (1800, 순조 즉위)	진도 金甲島	시조 50여 수 가사 1수	『金剛永言錄』

II.
1800~1805년
금갑도 유배와 창작의 시간

1. 1800년 즈음의 정치 현실

김이익은 장동 김문의 일원으로 노가재 김창업의 증손이었다.[11] 이 가문은 빛나는 조상이었던 김상헌, 김상용의 배출을 통해서 17세기 말부터 절의와 학문으로 유명한 세가였다. 그러나 경종과 영조의 왕권 계승 시점에 신임옥사를 거치면서 일족이 거의 멸문지경에 이르게 된다. 서울의 장동에 거주했던 안동 김문은 병자호란을 겪으면서 충절의 대명사로 부각되었던 김상용과 김상헌에 이어서

---

11) 「김이익의 가계도」: 金尙憲－光燦－壽增
　　　　　　　　　　　　　　　　壽興
　　　　　　　　　　　　　壽恒－昌集
　　　　　　　　　　　　　　　　昌協
　　　　　　　　　　　　　　　　昌翕
　　　　　　　　　　　　　　　　昌業－祐謙－由行－履興
　　　　　　　　　　　　　　　　昌緝　　　　　　履寅
　　　　　　　　　　　　　　　　昌立　　　　　　履翼*

붕당정치기에 김수증, 김수흥, 김수항 등이 활동하면서 핵심적인
정치 가문이 되었다. 특히 김상헌의 손자였던 김수항은 1689년(숙종
15년)에 기사환국으로 사사되었고, 그 맏아들이었던 김창집은 1772
년(경종 2년)에 임인옥사가 일어나자 아들 김제겸, 손자 김성행과 함
께 죽음을 맞았다. 18세기 초엽, 왕위 계승의 과정에서 나타난 남인
과 서인, 노론과 소론 사이의 극심한 정쟁을 통해서 이 가문은 4대
에 걸쳐서 피화자가 나타났고, 그러한 시간 속에서 서인-노론의 의
리를 대표하는 명성을 얻게 되었다. 그러므로 영조 시대에는 김이
익 가문의 일원들은 대체적으로 출사하지 않았다. 정조 대에 이르
러 가장 문제가 되었던 김창집이 충신으로 판명되고 완전히 복권되
자, 이 가문의 후손들도 정계에 다시 활발하게 진출한다. 이 세대에
해당하는 사람 중의 한 명이 바로 김이익이었다.[12]

정조와 안동 김문의 당론에 대한 생각은 공통점이 있었다. 김상
헌, 김수항, 김창집으로 이어지는 이 세가의 정치적 의리는 신임의
리에서 노론의 도덕적 옳음을 인정하는 것이었다. 그리고 이 의리
를 인정하는 선상에서 여타의 일들을 조정하는 방식을 선택하였다.
이러한 태도는 각 당파의 선명한 의리를 인정하고 그 후에 서로 경
쟁하게 하는 정조의 의리관과 상통하는 바가 있었다.[13] 더욱이 정

---

12) 김이익은 김상헌에서 김광찬, 김수항으로 이어지는 상헌계의 후손이다. 김수항 계
에서 김이익과 같은 항렬에서 문과 급제자는 창집계의 金履素·金履度, 창흡계의
金履鏞, 창업계의 金履翼 등이었다. 김이익과 함께 정쟁에 휩쓸렸던 金履載는 김
상용에서 김수민으로 이어지는 상용계에 속해 있다. (이경구, 『조선후기 안동 김문
연구』 부록 참조, 일지사, 2007.)

13) 이경구, 『조선후기 안동 김문 연구』, 일지사, 2007, 164~165쪽.

조는 즉위 초반에 일단 노론의 의리를 승인하는 일련의 조치를 수행하였다. 정조는 명문 가문을 상찬하고 그 후손들을 등용하였고, 그들을 자신의 측근 관료로 성장시키고자 하였다. 김이익은 이러한 변화된 정국 상황 속에서 환로에 오르게 되었다. 김이익은 1785년(정조 9)에 비교적 늦은 나이인 42세로 알성 문과에 급제하였다. 정조 초반에는 형 김이인과 함께 홍인한의 죄를 물었기 때문에 한 때는 반척신적인 성향이 강했던 청류인 남당(南堂)으로 규정되었다.[14] 그러나 1788년(정조 12)에 완전히 시·벽이 분기되자 시파의 일원이 되었고 평생 이 정치적 입장을 유지하였다.

김이익은 시벽의 정치적 갈등 때문에 3차례 유배를 당하게 되고, 그 유배지의 삶 속에서 유배 시조와 가사를 창작하였다. 김이익의 첫 번째 유배는 벽파 이노춘의 처리와 관련된 정치적 쟁투에서 기인하였다. 1784년에 이노춘은 상소를 올려서 시의(時義)를 주장하는 자들은 결국 사심(私心)에서 일을 처리하는 것이라고 비난하였다. 정조는 이노춘을 정배하였는데 1788년에 벽파의 후원자였던 영의정 김치인이 이노춘을 용서하자고 청하였다. 이에 김이익을 비롯한 홍문관 관원들은 김치인을 탄핵하였는데, 정조는 김치인을 탄핵하는 무리조차도 시·벽의 문제를 당파의 문제로만 본다고 질타하였다. 그 결과 김이익은 함경도 이원으로 유배되었다.[15]

유배에서 풀려난 이후에 김이익은 친왕적인 시파로서의 역할을

---

14) 『정조실록』 정조 1년 정유, 8월 19일 임자.
15) 『정조실록』 정조 12년 무신, 3월 12일 갑술.

계속해서 수행하였을 것으로 추론된다. 1790년에는 당시 벽파의 거두였던 우의정 김종수의 행위를 비난하여서 파직당하였지만, 정조의 후의를 입어서 다시 동부승지를 제수 받았다. 1792년 김이익은 안동부사로 내려갔을 때 안동 지역에 있는 안동 김씨 시조묘를 건설하는 과정에서 주도적인 역할을 하였다.[16) 그러나 1793년 2월에 안동의 사인이었던 유홍춘이 기한 안에 환자곡을 상납하지 못했다고 하여서 심한 매질을 해서 죽였는데, 그 처인 김 씨가 억울함을 호소하면서 자살하였다.[17) 이 일로 인하여 김이익은 철산부로 유배를 당하였다. 이 두 번째 유배는 정파적 대립의 결과물이 아니라 지방관으로서 처신과 역할의 문제로 보인다.

김이익의 세 번째 유배는 정조 말년의 정국 상황과 밀접한 관련을 맺고 있다.[18) 정조 12년인 1788년에 노론 내부에서 완전히 시·벽이 분기되자 시파의 일원이 되었고 이 노선을 평생 강경하게 유

---

16) 이경구, 같은 책, 79쪽.

17) 『정조실록』 정조 17년 계축, 2월 21일 갑신.
『국조보감』 74권. 정조 17년 계축, 2월. 안동(安東)의 사인(士人) 유홍춘(柳弘春)이 기한 안에 환자곡을 상납하지 못했다고 해서 형벌을 받고는 뜻하지 않게 죽었는데, 그의 아내 김 씨(金氏)가 손가락의 피로 글씨를 써서 원통함을 폭로하고 남편을 따라 죽었다. 일이 보고되자 하교하기를, "죽은 자가 품은 한은 우선 논하지 않더라도 따라 죽은 사람의 원통함을 무엇으로 위로하고 풀어주겠는가." 하고, 김 씨가 살던 마을에 정문(旌門)을 세워주고 부사 김이익(金履翼)을 먼 곳에 정배할 것을 명하였다.

18) 정조 집권기의 정국 상황에 대해서는 다음과 같은 연구 성과들을 참조하여 서술하였다. 박광용, 「조선후기 탕평 연구」, 서울대 박사학위논문, 1994; 김인걸 외,『정조와 정조시대』, 서울대학교 출판문화원, 2011; 김문식,『정조의 제왕학』, 태학사, 1997; 유봉학,『개혁과 갈등의 시대- 정조와 19세기』, 신구문화사, 2008; 최성환, 「정조대 탕평정국의 군신 의리 연구」, 서울대 박사학위논문, 2009. 8.

지하였다. 그리고 정조의 측근으로의 활동은 정조 말년까지 계속
되었다. 1795년 이후에 왕실과 조야에서 가장 첨예한 정치 이슈는
정조가 강화도에 유배된 형제 은언군을 만나는 일이었는데, 정순
왕후를 비롯한 상당수 신하들이 격렬하게 반대하였다. 이때 경기
관찰사가 김문순이었고 강화유수가 김이익이었다.[19] 이들이 당시
정조가 은언군과 만나는 동선에 있었다는 사실은 그만큼 정조의
신임이 두터웠음을 보여준다. 물론 두 사람이 정조와 은언군의 만
남을 드러내놓고 지지하지는 않았고, 정조 역시 김문순과 김이익
을 나포하기도 했다가 바로 풀어주기도 하며 군신 관계에서 긴장
감을 유지했다.[20]

　정조가 죽음을 맞이했던 정조 24년 1800년에는 1월부터 12월까
지 조야에서 치열한 정치적 갈등과 대립이 있었고, 7월 이후부터
전면적인 권력의 교체가 나타났다. 이해에 김이익 역시 정쟁에 깊
이 관여한 당사자였다. 정조는 즉위 말년이 되자, 스스로 실행해 왔
던 의리탕평론을 회의하기 시작했다. 각 정파의 청류와 준론을 등
용하고 왕의 의리[21]를 모든 사대부가 수용해야만 하는 공론으로 확

---

19) 김이익과 김문순은 족친이었고 둘 다 시파의 중요 구성원이었다. 김문순 역시 다수
　　의 시조를 창작하여서 남기고 있다. 18세기 이후 안동 김문의 국문 시가 창작에
　　대한 종합적인 검토가 이루어진다면 좀 더 폭넓은 이해가 가능할 것이다.

20) 『정조실록』, 정조 20년 병진, 4월 29일 갑진; 정조 20년 병진, 2월 17일 계사; 정조
　　20년 병진, 4월 23일 무술; 정조 20년 병진, 4월 29일 갑진.

21) 정조를 비롯한 사대부 관료들이 사용하는 '의리' 개념을 분명히 할 필요가 있다.
　　이경구의 논의를 빌려서 설명하면 여기에서 '의리'란 주자학적 개념으로 볼 수 있
　　다. "주자학은 인간의 도덕성을 '형이상학의 원리[天理]'에서 정당화하는 것이 특
　　징이다. 가치[義]와 이치[理]의 결합이 강조되지 않을 수 없다. 가치와 이치가 결합

정하였지만, 그 역효과도 만만치 않게 나타나고 있었다. 현상을 타개하기 위해서 정조는 왕이자 사부로서 강력한 왕권을 구축하려고 하였고 친위 관료와 세신을 중용하면서 국왕 주도의 인사권을 행사하고자 하였다.[22) 윤행임을 최측근으로 두어 깊은 신임을 주고, 이어 2월에는 근신 출신의 김조순을 외척으로 선택하여 갑자년 전위 이후 신왕을 보필하며 정국을 주도하도록 의도하였다. 더욱이 5월이 되자 정조는 소론의 이시수가 우의정인 상태에서 그 동생 이만수를 이조판서로 임명하고 그 아래 이조참의에 역시 소론의 윤광안을 임명하는 등, 일거에 소론을 인사권을 쥔 요직에 중용하는 파격적 인사를 단행한다.[23)

그러나 이러한 시도는 왕이 독단적으로 인사권을 행사하는 것으로 여겨지고 상피의 관행이 준수되지 않았다는 이유로 제 신료들의 의구심을 일으켰다. 이에 안동 김문의 김이재를 필두로 하는 측근 노론 관료들의 반발이 일어났다. 정조는 이런 왕의 인사권에 대한

한 의리는 이치가 작동하는 사물 세계와 가치가 작동하는 인간 사회가 하나의 질서 안에서 포착되는 것을 의미한다. 의리의 규범성이 전 사회와 영역에 갖는 추동력이 강대해지는 것이다. 의리에 대한 강조는 현실의 바른 질서를 향한 인간의 의지를 강조하기도 했지만, 강제와 명령을 통한 타율적 강제를 작용하는 측면이 없지 않았다." 이경구, 「조선후기 안동 김문의 의리관」, 『조선시대사학보』 64, 조선시대사학회, 2013, 137쪽.

22) 정조의 정치운영과 정조 시대 정권의 향방에 대해서는 다음 논의들을 참조하여 정리하였다. 유봉학, 『개혁과 갈등의 시대-정조와 19세기』, 신구문화사, 2008; 崔誠桓, 「정조대 탕평 정국의 군신의리 연구」, 서울대학교 박사학위논문, 2009; 이경구, 「조선후기 안동 김문의 의리관」, 『조선시대사학보』 64, 조선시대사학회, 2013; 윤정, 「18세기 국왕의 '문치' 사상 연구」, 서울대학교 박사학위논문, 2007. 8.

23) 유봉학, 『개혁과 갈등의 시대-정조와 19세기』, 신구문화사, 2008, 167쪽.

신료의 반발을 오래된 습속에 기인한 폐단으로 인식했다. 그리고 상소를 올렸던 김이재의 배후로 김이익을 지목하고 음종(陰腫)이라고 비판하였다.[24] 정조는 강경한 태도로 김이익과 그의 동조자들을 비판하였다. 정조가 보기에 문제는 군주의 정당한 의리에 호응하는 다른 신하들의 태도를 흔쾌히 받아들이지 못하고, 이를 군주에 영합한다면서 비판하는 속습에 물든 세력에게 있었다. 정조는 이를 임금의 뜻을 엿보며 자작의리를 만들어서 작당하려는 움직임으로 판단했고, 이 일로 유배형을 당한 김이재보다도 오히려 김이익을 더 강경하게 비난하였다. 이어서 정조는 이들 음종의 자수를 촉구하며 엄하게 경고하였다.

이러한 일련의 갈등상황과 삼엄한 정치적 불안정성 속에서 정조는 자신의 의리를 신료 모두에게 명료하게 인식시킬 필요가 있었고 그 결과물이 오회연교였다. 실제 정조의 파격적 인사와 갑자년 구상은 스스로 자임한 군사로서의 지위에 대한 확신에서 비롯되었다. 그렇지만 왕의 구상은 신료들의 의구심을 일으켰고 정조는 군권과

---

24) 최성환, 같은 논문, 304~307쪽의 논의 참조.
실록에도 이때 김이익의 행동에 대한 언급이 기록되어 있다. 정조의 사후에 벽파계인 양사가 함께 상소해서 김이익을 탄핵할 때도 역시 그가 김이재의 배후로서 흉악한 일을 도모했다고 주장하고 있다. 이러한 점들을 고려했을 때, 정조와 정적들이 모두 김이익의 행위와 의도를 알고 있었던 것으로 짐작할 수 있다. 실록의 기록에 의한다면, 벽파 인물들은 김이익이 정조의 뜻을 거스르는 일을 도모하고 그것이 밝혀진 이후에도 반성하거나 고치지 않아서 교속의 의미를 강조하는 오회연교가 나오게 되었다고 주장하고 있다. 게다가 한 술 더 떠서 정조의 병후가 악화된 원인에도 이러한 김이익의 불충한 행동이 있었기 때문이라고 비난했다. 정쟁이자 정치적인 공격이지만, 정조 말년 김이익의 정치적인 입장이나 경향성을 추론할 수 있는 하나의 실마리가 될 수 있다. 『순조실록』, 즉위년 경신, 12월 26일 갑술.

신권 사이에서 돌파구의 마련이 필요했다. 결과적으로 5월 그믐날
에 사대부 속습을 교정한다는[矯俗] 의미를 강조한 오회연교(五晦筵
敎)를 내렸다.[25]

이를 통해서 정조는 더 이상 당파의 편사에 갇혀 있지 않고 지금
까지 군신이 함께 강조했던 공공대의리(公共大義理) 곧 '정조의 임오
의리'의 경지로 나아가 진정한 탕평을 이루자고 하였다. 그러므로
정조의 오회연교는 강압적인 군주 전제도 아니었고 노론, 소론, 남
인 가운데 어떤 특정 당파를 지적하고 경고한 것도 아니었다. 또한
이 시기의 신료들은 시, 벽의 구분 없이 정조의 의리를 공의로서
수용하였다.[26] 정조는 군사로서 공의를 제시하고 그것을 군신 모두
가 보편적 준칙으로 받아들이기를 기대했다. 그러므로 순조대 초반
에 벽파가 김이익과 김이재를 정조의 뜻을 거슬렀다는 명목으로 제
거한 것은 그것 자체가 정조의 의리를 왜곡한 것이었다. 즉 벽파
세력이 정조의 의리를 자의적으로 해석하고 재단한 것이다.

정치적 갈등과 군신 간의 정신적인 긴장 속에서, 6월 초 정조는
병을 얻게 되고 오회연교에서 표방한 자신의 의도가 무산될 것임을
감지한다. 정조는 병중이었던 6월 14일에 김조순을 불러서 그의 적
극적 역할을 촉구하였다. 김조순의 집안에 비전되었던 「영춘옥음
기(迎春玉音記)」의 기록에 의하면, 정조는 오회연교로부터 보름 후인

---

25) 『정조실록』 정조 24년 경신, 5월 30일 신해.
26) 최성환, 「정조대 탕평 정국의 군신 의리 연구」, 서울대 박사학위논문, 2009,
    307~311쪽.

6월 14일 김조순에게 외척의 간정(干政)을 촉구하고 그에게 갑자년 이후 정국운영의 책임을 위촉하였다는 것이다.[27] 결국 정조는 즉위 기간 동안 스스로 경계하고 배척했던 외척을 정치 운영의 주요 축으로 끌어들였다. 그리하여 김이익이 속했던 안동 김문은 순조의 외척으로 내정되었다. 결국 정조는 병석에서 일어나지 못했고 6월 28일에 서거하였다.

정조의 사후 바로 경주 김씨 가문의 정순왕후가 11세의 어린 순조를 내신하여 수렴청정을 하면서 정국을 주도하기 시작하였다. 정조의 반대 세력이었던 경주 김씨 정순왕후 일파와 노론 벽파는 정조의 오회연교에 의거해서 선왕의 뜻을 따르지 않았다는 죄목으로 노론 시파의 핵심 인물들을 정치적으로 단죄했다. 정조의 의리를 자기 정파에 유리한 방향으로 이용하였다. 이 정쟁의 과정에서 김이익 역시 선왕을 기망했다는 죄목으로 12월에 진도의 금갑진으로 유배를 당하였다.[28] 금갑도에 유배되면서 족친인 김이재도 역시 탄핵 당했고 같은 집 안의 김이도 역시 스스로 일당을 조성하여 벽파를 공격하였다는 죄목으로 함께 정배되었다. 물론 정조의 지음을 받았던 안동 김문의 김조순이 관직을 유지하고 있었지만 김이익의 유배를 막을 수는 없었다. 순조 즉위년에 일어났던 벽파의 정적에 대한 숙청 작업이 어느 정도 마감되었을 때, 서유문, 김이도, 심상규 등은 곧 풀려날 수 있었다. 그러나 이들 중에서 김이익은 유배를 당한 뒤에도 쉽게

---

27) 유봉학, 같은 책, 168~169쪽.
28) 『순조실록』, 순조 즉위년 경신, 12월 25일 계유.

풀려날 수 없었고 거듭하여 탄핵당했으며[29] 찬극의 형벌이 더해지기
도 하였다.[30] 그는 노론 벽파와 정순왕후의 집중적인 견제를 받았다.[31]

---

29) 『순조실록』, 순조 즉위년 경신, 12월 26일 갑술. 순조 1년 신유, 1월 4일 신사.
30) 『순조실록』, 순조 1년 신유, 11월 12일 을유. 김이익에 대한 정순왕후의 정치적
    태도는 단호했고, 그를 흉적으로 낙인 찍어서 다시는 정치적으로 복권되기 어렵게
    만들려고 했던 듯하다. 다음의 하교 내용을 보면 정순왕후는 김이익 및 정조의
    근신 세력들이 오히려 정조의 의리를 따르고 있지 않았다고 질타한다. [이어서 대
    왕대비가 하교하기를, "아! 나 미망인(未亡人)이 일찍이 선조(先朝) 때에 들으니,
    '나라에 의리가 있음은 사람에 혈맥이 있는 것과 같아서 사람이 혈맥이 없으면 죽
    을 것이고 나라에 의리가 없으면 위태하다.' 하였는데, 이 때문에 임어(臨御)하신
    25년 동안의 치법(治法)과 정교(政教)에 '의리(義理)' 두 글자로써 처음을 시작하고
    끝을 마무리하는 하나의 큰 규모를 삼았던 것이다. 이는 조정에 가득한 신린(臣隣)
    들이 일찍이 의뢰하여 섬긴 바이며 흠앙하여 찬축했던 것이었는데, 어찌하여 하늘
    이 송(宋)나라에 복을 내리지 않아 갑자기 중도에 붕조(崩殂)의 변을 당하여 몹시
    원통한 가운데 의리는 쇠퇴하여 어두워지는 기미가 있고 나라의 형편은 위태로운
    형상이 있으니, 이는 다름이 아니라 사흉(四凶)의 주륙을 요(堯)임금 때에 미처
    시행하지 아니하여 의리가 아직까지 미진한 바가 있어서 그러한 것이다. 그렇다면
    불에 타는 자를 구조하고 물에 빠진 자를 건져 주는 방도를 급급(汲汲)하게 하지
    않을 수 없었다. 그런 까닭으로 작년 겨울과 금년 봄에 처분이 있었으니, 실로 종국
    (宗國)을 위하고 세도(世道)를 위하여 선왕께서 끝마치지 못한 지사(志事)를 널리
    나타내고 당일에 굳게 지켰던 의리를 드러내어 밝혀서 천하 후세에 영원히 말이
    있도록 하는 뜻에서 나온 것이다. 전일(專一)하여 변함이 없는 이 마음은 가히 신
    명(神明)에 질정할 수 있으니, 이것이 어찌 그만둘 수 있는데 그만두지 않은 것이
    겠는가? 그중에서 원악 대대(元惡大憝)로 죄가 하늘에까지 통한 자는 진실로 논할
    것이 없고, 비록 한 당류(黨類)의 죄가 조금 가벼운 자로써 말하더라도 이들 무리
    가 평상시에 처신(處身)하고 주장했던 논의는 대저 의리에 반대로 되어 어긋나고
    역적 편에 맞대어 붙었으니, 가령 그가 스스로 한 말에 한 가지 일이라도 그 심적
    (心跡)을 스스로 밝힌 것이 없다고 한다면 어떻게 한 세상의 공의(公議)를 피하겠
    으며 받은 벌을 감히 원통하다고 말할 수 있겠는가? 그러나 그 괴수를 섬멸하는
    것은 역적을 다스리는 대법(大法)이요 다 함께 새로워졌다 함은 성왕(聖王)의 관대
    한 정사인데, 하물며 여러 사람들은 모두 세신(世臣)의 명벌(名閥)이니, 내가 소중
    히 여기고 온전하게 보전하려던 본심을 가지고 만일 굽어 용서할 방도가 있다면
    어찌 회탕(恢蕩)한 은전을 베풀지 않을 수 있겠는가? 또 그 무리들이 만일 조금이
    라도 인심(人心)이 있어서 흉악한 역적과 같이 귀결되지 않으려 한다면 또한 어찌

정순왕후는 김이익, 서유린, 김이재는 큰 죄인이라 칭하면서 오
히려 찬극의 형률을 더하였다. 이어서 1801년에는 신유사옥이 일어
나서 명망 있던 남인계 사류가 화를 당했다. 같은 해에 김이재는

환연(渙然)하게 각성하고 척연하게 감동함이 없이 먹었던 마음과 도모했던 바를
개혁할 것은 생각하지 않는단 말인가? 과연 그들이 십분(十分) 착한 데로 옮겨진
사실이 있음을 본다면 이는 병든 자식이 나은 뒤에 부모가 사랑하는 것과 같은
것인데, 어찌 비난할 틈이 있겠는가? 이번의 이 거조(擧措)는 내가 유의했던바 여
러 달이 되었다. 다만 제방을 잠시 변경하다가 의리가 따라서 무너질까 두려워하여
머뭇거리며 상량하다가 지금까지 결단을 내리지 못하였었다. 지금은 달수가 점점
오래 되고 해가 마침내 일주(一周)하는데, 한결같이 우물쭈물하며 뜻이 있어도 이
루지 못한다면 또한 내가 성심(誠心)으로 실행해 나가는 도리가 아니기 때문에 오
늘날 특별히 차대(次對)에 나아와 결정하라 명하여 이번의 처분이 있었고, 그 가운
데에서 반복하여 작량(酌量)하여 제방을 더욱 엄히 하고 의리를 더욱 밝히는 입장
을 삼는 것이다. 그런데 수악(首惡)과 거괴(巨魁)로 세 역적과 같은 자는 곧 온
나라의 사람들이 다 분개하여 함께 주륙하고자 하는 자들이니, 어찌 일률(一律)의
빠른 시행을 아끼겠는가마는, 또한 참량(參量)할 것이 있어서 잠시 그 목숨을 용서
해 준 것이다. 금갑도(金甲島)에 안치(安置)한 죄인 김이익(金履翼)과 경흥부(慶興
府)로 멀리 찬배한 죄인 서유린(徐有隣)과 고금도(古今島)에 안치한 죄인 김이재
(金履載)는 모두 즉시 그곳에서 천극의 율(律)을 가하여 온 나라로 하여금 그들의
죄가 사면(赦免)할 수 없는 죄가 됨을 다 알도록 하라. 위원군(渭原郡)으로 찬배한
죄인 서유문(徐有聞)과 영암군(靈巖郡)에 찬배한 죄인 김이도(金履度)와 칠원군
(漆原郡)에 찬배한 죄인 이희갑(李羲甲)과 홍원현(洪原縣)에 찬배한 죄인 심상규
(沈象奎)는 모두 방송하라. 당초의 처분이 비록 악(惡)을 배척하는 뜻에서 나왔다
하더라도 이미 언지(言地)에서 논한 바가 아니라면 이때에 의심을 가질 필요가 없
겠으나 또 그 처한 바가 완전히 죄명을 풀 수는 없다. 명천부(明川府)에 찬배한
죄인 김이교(金履喬)는 방축 향리(放逐鄕里)하여 아울러 신령(申令)의 뜻을 보이
도록 하라.")

31) 김이익은 정조 후반에 경주 김씨 세력을 토역으로 몰아서 제거하려 하였다. 정순왕
후의 족친이었던 김한록과 김귀주 부자는 '역적의 아들은 왕이 될 수 없다는 팔자
흉언'을 만들어냈다. 정조는 이 흉언과 관련된 일들을 알고 있었지만, 그것을
정치적으로 덮고 무마하려고 하였다. 그런데 일부 노론 인물들이 정조의 의사를
거부하고 정치적 쟁점으로 삼아서 적대 세력을 일거에 제거하려는 시도를 하였고
그러한 인물들의 중심이 김이익이었다. 그러므로 정순왕후의 입장에서 보면 김이
익은 타협할 수 있는 여지가 없었다. 최성환, 같은 논문, 307~309쪽 참조.

빨리 해배되었지만, 김이익의 유배의 현실은 점점 엄혹해졌다. 왜
냐하면 누구보다도 김이익이 정순왕후 일파인 경주 김씨와 실질
적으로 가장 날카롭게 대립하고 있었기 때문이었다. 이 위태로운
역사적 시간 속에서 가문과 세력의 보호막이 어느 정도 작동하였기
때문에 그는 겨우 죽음을 면할 수 있었을 것이다. 그리고 2년이 지
난 1802년 봄에 〈금강중용도가〉를 창작하였다. 결과적으로 1805
년 1월, 정순왕후의 죽음 이후에야 그의 해배가 결정되었다.[32] 그러

---

32) 유봉학, 『개혁과 갈등의 시대-정조와 19세기』, 신구문화사, 2008, 228~229쪽. 정
조 사후에 나타났던 정파적 갈등과 정국의 향방을 요약 제시하면 다음과 같다.:
정조가 서거하자 정국에는 엄청난 파란이 몰아 닥쳤다. 경주 김씨인 영조의 계비
정순왕후가 어린 국왕을 대리하여 수렴청정을 하면서 노론 벽파가 정계의 주도권
을 잡게 된 것이다. 김조순의 딸은 왕세자빈으로 내정은 되었으나 간택 절차도
아직 끝나지 않은 상태여서 1802년 10월 대례를 올리기까지 김조순의 위치는 불안
하였다. 청론 사류는 이미 정조대 중반부터 시파, 벽파로 분열된 상태에서 북학과
서학의 수용문제를 놓고 다시 갈등하였다. 더구나 정조의 서거로 정치적 구심점을
잃은 이들은 경주 김씨, 반남 박씨, 안동 김씨 세 외척을 따라 갈라지고, 다시 이서
구, 서용보가 윤행임과 대립하는 등 자체의 분열로 정국을 이끌 수 있는 역량을
갖지 못하였다. 이런 가운데 심환지, 김관주, 권유 등 벽파는 신유사옥을 통하여
권철신, 이가환, 정약용 등 남인 세력은 물론, 윤행임, 서유린, 김이도, 심상규,
심낙수 등 노론 시파 세력을 숙청하여 정조가 구축했던 탕평정치 질서를 일거에
와해시켰으며, 이어서 이서구 등 외척 세도를 비판하며 청론을 고수하던 세력까지
도 축출하였다. 이 과정에서 윤행임의 옥사에 연루되어 박제가는 함경도로 유배
가게 되고, 서형수와 그 조카 서유구도 정계에서 축출되며, 이들을 이끌었던 박지
원도 정계에서 은퇴하는 등 연암 일파 학자들은 대체로 비운을 맞게 된다. 그러나
경주 김씨와 벽파가 주도권을 쥔 상황은 단지 5년간 지속되었다. 1805년 초 정순왕
후가 서거하면서 벽파의 기세는 급격히 꺾였고, 그해 12월 우의정이 된 김달순이
첫 번째 경연에서 벽파의 입장을 재확인하려 들자 여기에 조득영을 필두로 시파들
의 거센 비판이 쏟아지면서 정세가 일변하게 된 것이다. 순조의 장인 김조순과
순조의 외조부 박준원 등은 이 사건을 계기로 순조의 동의를 얻어내어 벽파를 일망
타진하고 정권을 잡게 된다. '병인경화'라 부르는 1806년의 이 정치적 사건 이후
정조가 키운 두 외척과 노론, 소론 시파의 일부 세력이 연대하여 실권을 장악하였

므로 〈금강중용도가〉가 창작되던 그 시간을 정치적 시선에서 바라
볼 때, 서울에서는 여전히 벽파 세력이 전권을 휘두르고 있었고 정
치적으로 실각한 절도 유배자의 신세였던 김이익은 상당히 불안정
한 위치에 놓여 있었다고 볼 수 있다.

2. 유배지에서의 일상과 시가 창작

김이익은 순조 즉위년인 1800년에 유배되어 1805년까지 금갑도
(金甲島)[33]에 머무르며 다수의 책을 저술하고 상당한 양의 시가를 창
작하였다. 1800년 6월 정조의 승하 이후에 김이익은 자신이 겪게
될 일을 충분히 예측했다. 김이익의 운명을 결정지을 수 있는 선왕
의 후계 구도는 정조의 의도대로 확정되지 못했고 현실 속에서 권
력의 공백을 허용되지 않았다.

이미 유배를 떠나기 며칠 전에 김이익 스스로가 자신의 미래를
예감하듯이, 그는 선왕인 정조를 꿈에서 만났고 왕은 그의 안위를
걱정해 주었다.[34] 『금강계몽(金剛啓蒙)』 서문에서 김이익은 유배를

고, 이후 일부 시파 경화 거족 주도의 척족 세도정치 체제가 확립되었다.

33) 금갑도(金甲島)는 현재의 진도군 의신면 접도리이다. 진도와 인접해있다는 접도와
마주한 섬으로 진도와는 10km 정도 떨어져 있다. 금갑은 쇠로 만든 철갑옷을 뜻하
며, 섬 자체는 해안 방어의 요충지로서 진영이 설치되었었다. 세조 28년 무렵부터
수군 만호가 상주하였고, 세조 때에는 방어 거점으로서의 중요성이 부각되어 군비
가 확충되었다. 금갑진은 전라 우수영에 속하였으며, 금갑진은 1894년 갑오개혁
당시 군사제도의 개혁으로 군영 통폐합이 이루어져서 폐진되었다.

34) 『金剛啓蒙』 권5(貞), 「金剛名篇解」, 〈記夢〉, 한국학중앙연구원 장서각, 한국학자

당하기 삼 일 전에 꿈속에서 정조를 만난 일화를 상세하게 다루고
있다. 꿈속에서 정조가 그를 만나러 행차하였다. 시좌한 김이익이
황망하게 고개를 수그리고 있자, 왕은 소매에서 약첩 꾸러미를 꺼
내어 그에게 주었고, 그 봉투에 '금중강(金中剛)'이라는 글자가 쓰여
있었다는 것이다.[35] 즉, 정조는 김이익을 아끼는 마음이 지극해서
이미 승하했음에도 불구하고 그에게 현몽하여 앞으로 금갑도에 유
배될 터인데 그 가운데에서도 주역의 도리를 연구하며 인내하라고
미리 인도했다는 것이다.

　김이익은 이 꿈을 통해서 군신 사이의 정이 참으로 애틋하고 두
터워 죽음을 달리해도 막을 수 없는 것이라고 역설하고 있다. 이것
은 그가 유배지에서도 선왕을 잊지 않고 그의 유지를 따르게 됨을
암시한다. 결국 유배지에서 할 수 있거나 해야만 하는 일은 경전의
탐구와 선왕의 유지를 잊지 않고 지키는 것이었다. 김이익이 유배
를 당하는 순간에 정조의 아들이었던 후계자 순조가 왕위에 올랐지
만, 어린 새 왕은 실질적으로 권력자라고 할 수 없었다. 서울에는

료총서 52, 2015. 賤臣祗受以見則, 皮面大書金中剛三字, 其中有如大墨膏藥貼者
數三枚見, 訖依前裹之納于袖中, 上俯視訖移御于東偏分閣之內, 臣亦隨往侍立
則, 上又出一紙, 摺疊如簡札樣者授臣. 見其之厚而有裂破數處, 展之則第一間有
數字書, 第二間第三間則 下數層而有〈樣橫畫者數三處, 其右傍有數字細書, 而覺
後忘了仍有許多下敎, 似皆眷顧溫存之論而若以付托此事, 顧護此人之意, 書在紙
中, 俾臣無或遺忘者, 然時瞻龍顔先愁後喜而玉音之春溫如常也.

35) 『金剛啓蒙』 권1(元), 序文 蓋於被謫前數日, 夢拜先王, 昵承溫音, 旋荷藥裹之錫
而於其皮面, 大書金中剛三字, 跽擎袖之, 覺猶天香在手. …… 祗增哀廓, 未解其
兆, 今始大覺, 意者, 殘骸之冥然, 視息於金島之中, 得玩義經, 剛柔之理者, 曾是
明靈之先告而俾啓平昔之昏蒙也. 苟非先王字我之德, 未有少間於幽明, 則又何
必若是其丁寧懇摯.

강력한 정적이었던 정순왕후가 수렴청정을 하고 있었고, 순조는 권력자로서 어떤 역할을 할 수 있는 처지가 아니었다. 이렇듯 요동치는 불안한 정세 속에서 남해의 고도인 금갑도에서의 힘든 시간이 흘러갔다.

 김이익은 1801년부터 본격적인 유배 생활을 시작하였다. 유배지인 진도의 금갑진에 도착하여 낯선 환경에 어느 정도 적응이 되고 나자 유배의 일상이 시작되었다. 그리고 그 일상의 중심에는 사대부 독서인답게 경전을 읽고 깊은 뜻을 헤아리고 마음을 닦는 시간이 이어졌다. 다음은 〈금강중용도가〉의 일부인데, 유배자로서 독서를 시작하게 되는 과정이 서술되어 있다.

중용셔 흔 권칙을 몃히만의 다시 보니
어화 이 칙이야 됴홈도 됴홀시고
공즈님 ᄒ오신 말슴 즈ᄉ씨 지으시고
즈ᄉ씨 지은 글을 쥬즈긔셔 쥬롤 내셔
네샹 일과 네샹 말의 셩현도덕 다 실녓니
셩현을 비호랴면 이 칙 흔 권 죡히마는
그러나 이 셰샹 돌나보니 이 글 스싱 바히 업고
셜녕 사라 나간단들 긔 뉘 즐겨 ᄀᄅ칠가

中庸一卷冊 幾年後更見
於話此冊 好哉好哉
孔子主所言 子思氏述之
子思氏所述書 朱夫子出註
例常事例常言 聖賢道德俱載

聖賢欲學之 此冊一卷足矣

雖然今世上環顧 此書之師全無

設令生而出去 其誰肯敎之

　김이익이 유배지에서 읽고 되새기고 필사한 책은 중용이었다. 중
용은 우주 만물과 인간의 내외면이 서로 관통한다는 주자학적 천인
일리(天人一理)의 체계를 드러낸 서술이다. 그는 젊어서 독서의 짧음
을 후회하고 유배지에서는 공자와 주자의 뜻을 따라서 세상의 이치
를 터득하고자 하였다. 그래서 선택한 책이 중용이었다.[36] 위 작품
에서도 직접적으로 거론하듯이 작자는 유배지에 와서 오히려 더욱
성현과 성현의 도덕을 배우기 위해서 중용을 읽는다고 하였다. 결
국 유배지에 와서 화자가 겉으로나마 눈을 돌리게 된 것은 성현과
성현의 경전이었다. 이러한 중용을 읽던 작자의 일상의 모습은 다
음과 같은 시조 작품에서도 여실히 드러난다.

---

36) 〈금강중용도가〉에서는 서두에서부터 독서 군자를 청자로 삼아서 작자 스스로가
젊어서부터 충분한 경서 공부를 하지 못했음을 후회하고 있다. : 어화 독서 군자들
은 於話讀書君子輩/ 이 내 말슴 드러보옵 此吾言之聽見/ 세상의 삼긴 글이 世上
所在書/ 만흠도 만흘시고 多乎多乎哉/ 스셔오경 졔주빅가 四書五經諸子百家/ 그
엇지 다 닑을손가 其何以盡讀哉/ 날又흔 무식흔 것 如我無識物/ 천즈문 동몽선습
써힌 후의 千字文童蒙先習畢後/ 셔산 펴고 닑은 글이 展書算讀之書/ 아마 열권
못다 되닉 且不過十卷/ 표동인 부동인 칙문동인 表東人賦東人策問東人/ 이 밧긔
는 다시 몰나 此外不復知/ 이렁져렁 청춘시절 此樣彼樣靑春時節/ 어름 우희 박미
듯 밋근동 지내치니 氷上推瓢滑滑過/ 이도 임의 애둛거든 此已可恨/ 쥬스쳥누
투젼쟝긔 그 쏘 무슴 즛시런가 酒肆靑樓投錢張其又何等所爲/ 빅슈쟌년 되년후의
白首殘年後/ 위리 속의 드러안져 圍籬裡入坐 /지는 일 회탄흔돌 過去事悔歎/ 긔
뉘 알고 긔특달가 其誰知而奇特云

어져 내 줏시야 寢食(침식)으란 全廢(전폐)ᄒ고
中庸書(중용셔)만 가지고 뒤적뒤적 ᄒᄂᆞᆫ고나
엇지면 孔夫子(공부ᄌᆞ) 뵈옵고 깁흔 뜻 비화볼고 ᄒ노라

(『금강영언록』 소재 6번)

여기서 화자는 자신이 하는 일을 마치 평가라도 하는 듯이 초장과 중장에서 그려내고 있다. "寢食(침식)으란 全廢(전폐)ᄒ고 中庸書(중용셔)만 가지고 뒤적뒤적 ᄒᄂᆞᆫ고나" 하는 모습은 화자의 자연스러운 일상이다. 화자가 스스로 자신이 하는 일을 보면, 자고 먹는 일을 전폐하고 중용 한 책만을 뒤적거리고 있다. 그런데 뒤적거린다고 해서 단지 느긋하게 게으름을 부리며 책을 읽는 것은 아니다. 그보다는 오히려 의무가 아닌 몰입하는 독서의 양상이라고 볼 수 있다. 노회한 정객임에도 불구하고 다시 초심으로 돌아가 공자를 뵙고 그 뜻을 배운다고 하였다.

이렇듯이 작자는 1801년부터 주역과 중용의 경전 독서를 시작하였고, 그 독서의 결과로 먼저 주역에 관한 저술을 시작하여 그해에 저술의 대강을 완성하고 동짓날에는 『금강계몽』의 서문을 썼다. 이어진 1802년에는 경학 공부와 저술에 더욱 매진한 듯하다. 주역에 대한 해설에 해당하는 4종의 책을 썼고 소학과 사서에 관한 1종의 책을 완성하였다. 그리고 이해부터 고문에서 내용을 발췌한 저술을 시작하였고, 경학과 교육, 그리고 관혼상제와 관련된 저술을 유배의 마지막 해까지 계속하였다.[37] 유배의 후반기에 갈수록 교육과 예절에 관한 저술이 등장하는데, 그것은 그가 유배지에서 섬의 백

성들을 대상으로 한 교화에 나섰기 때문이다. 유배 시가의 창작은
주로 1802년에 집중적으로 이루어졌다. 1802년 6월과 7월 사이에
〈금강중용도〉를 그리고 〈금강중용도가〉를 창작하였다. 그리고 같
은 해인 1802년 8월 11일에서 9월 8일 사이에 『금강영언록』 소재의
시조를 창작하였다.

　김이익이 독서와 저술, 시가 창작에 몰두했던 1801년과 1802년
9월 초까지의 시기에 외부의 정치적 환경은 희망적이지 않았다. 정
순왕후와 노론 벽파는 정국을 주도하면서 1801년에 신유옥사를 일
으켜서 노론과 소론의 시파와 남인 세력을 대대적으로 숙청하였다.
그러므로 안동 김문의 수장이었던 김조순 역시 몸을 낮추고 은인자

---

37) 이경구의 「해제1, 유와 김이익의 생애와 활동」에서 정리한 김이익의 주요 저술과
　　창작물은 다음과 같다. 『金剛啓蒙』, 한국학중앙연구원, 2015.

분류	제목 및 책 수	저술 시기	내용
문학	觀城雜錄	1788년	시조 10수와 한시 240여 수
	金剛中庸圖歌	1802년	가사
	金剛永言錄	1802년(8월 10일~9월 8일)	시조 60여 수 (50수만 전함)
	金剛隔警篇	1802~1805년	한시 언해. 87구의 오언절구, 한시에 구결을 달고 한글로 풀이
경학	金剛啓蒙 5권 5책	1~4책은 1801년 5책은 1802년	주역 해설
	금강계몽속편 1책	1802년	
	金剛學孔編 1책	1802년	
	金剛鏡 1책	1802년	
	金剛恒茶編 1책	1802년	『소학』과 四書
	荊濱常目 1책	1802~1805년	四書 및 古文 약간 편
교육	書註解童蒙先帖 1책	1803년	『동몽선습』
	增補童蒙先帖章句 1책	1804년	
禮書	循稱錄	1805년	관혼상제 해설

중할 수밖에 없었다. 그는 정조에 의해서 국구의 위치를 예정하고 있었지만, 이 시기에도 벽파인 대사헌 권유가 김조순의 딸과의 가례를 격렬하게 반대하고 있었다.[38] 그러나 정순왕후는 정조가 정해 놓은 혼인을 어쨌든 진행하였고 1802년 10월에 비로소 순조의 대례를 올릴 수 있었다. 1803년 12월에 순조는 친정을 시작했고 1805년에는 정순왕후가 죽음을 맞이했다. 김이익 역시 이해 7월에 해배되었다.

결과적으로 유배 시가를 창작했던 1802년 6월부터 9월까지는 유배자였던 김이익에게는 끝나지 않는 시련의 시기였다. 정조의 보호막이 사라진 이후에 김이익의 물리적·정치적 생명을 보호할 수 있었던 기제는 안동 김문이었다. 그런데 정권의 추가 벽파로 완전히 넘어간 상황에서 안동 김문 역시 무기력했다. 이런 시간 속에서 김이익은 절도의 고립된 생활 속에서 마음을 다잡고 경전을 읽고 그 뜻을 새기며 동시에 마음속에서 돋아나는 감정적인 울분을 노래로써 해소하고자 하였다. 시기적으로 보면 〈금강중용도가〉의 창작이 6~7월로 먼저 이루어졌고 이후에 8월과 9월 사이에 유배시조가 창

---

38) 『순조실록』, 순조 1년, 6월 12일 정사.
　　김조순의 집권 과정에 대해서는 다음의 논저들을 참조해서 논의를 정리하였다. 김태희, 「김조순 집권의 정치사적 조명」, 『대동한문학』 43집, 대동한문학회, 2015; 이경구, 『조선후기 안동김문 연구』, 일지사, 2007; 박현모, 『정조 사후 63년: 세도정치기(1800-63)의 국내외 정치 연구』, 창비, 2011; 김영민, 「친족집단의 정치적 정당성: 세도정치의 이념적 기초 해명을 위한 시론」, 『한국학논집』 47, 계명대학교 한국학연구원, 2012; 김용흠, 「19세기 전반 세도정치의 형성과 정치운영」, 『한국사연구』 132, 한국사연구회, 2006.

작되었다. 그리고 이러한 시가 창작의 동기는 〈금강중용도가〉의 서문과 『금강영언록』 소서(小序)에 적절하게 드러나 있다.

> 향니의 내 셤 속 귀향 뉵년의 니론바 지은 것과 벗긴 것과 무릇 뼈 정신을 허비ᄒ고 ᄆᆞ음을 브친 바 글이 거의 ᄉ십여칙이 되는 고로 밋 도라올 ᄲᅢ 다 가져와 ᄌᆞ손들노 ᄒ여곰 내 경녁ᄒᆞᆫ 거슬 알게 ᄒᆞ려 ᄒᆞ미니 그 중 금강중용도와 가는 진실노 내 정신 허비ᄒ고 ᄆᆞ음 브치기롤 더ᄒᆞᆫ 거시러니 일전의 다ᄅᆞᆫ 칙들과 홈ᄭᅴ 샹고ᄒᆞ니 이 칙의 도는 잇고 가는 업ᄂᆞᆫ지라. 가는 진셔로 ᄡᅳ고 그 겻히 언문으로 ᄲᅥᆺᄂᆞᆫ지라. 싱각건대 부녀들이 보고 즉시 거두지 못ᄒᆞ엿다가 반이할 ᄲᅢ의 우연히 ᄲᅡ지온 거시라. 비록 심히 앗가오나 ᄯᅩᄒᆞᆫ 홀일 업셔 ᄒᆞ더니 이제 망실 황부인 유협 가온대 당신의 스스로 무근 칙력의 벗긴 바롤 어드니 그 ᄯᅳᆺ이 가히 고맙고 그 일이 우연치 아니ᄒᆞᆫ지라. 감창ᄒᆞ고 위로하는 ᄆᆞ음으로 곱ᄭᅵᆫ 눈을 ᄲᅵᆺ고 친히 벗기고 인ᄒᆞ여 진셔로 미조차 니로니 반드시 그ᄯᅢ의 닐온 진셔와ᄂᆞᆫ 다름이 만ᄒᆞ려니와 글인즉 완비ᄒᆞᆫ지라. 이에 그 곡절을 ᄡᅳ노라 신ᄉᆞ 복월 샹슌에 유와 칠십구셰옹은 ᄡᅳ노라[39]

---

39) 인용한 부분은 김이익이 남긴 국문이고, 다음은 한문으로 기록된 서이다. 「金剛中庸圖歌序」 向余於島竄六年 所述製也謄繹也 凡所以費神而寓懷 殆四十有餘冊 故及歸也 盡數輸來 聊以示子孫俾知余經歷之如何 其中金剛中庸圖歌 寔余費神寓懷之也 日並他捜之則圖 在而歌無 歌則盖以眞書書之而傍書以諺 故想婦女輩取見而不卽收 偶遺於搬徒之際 雖甚惜之 亦無奈矣 今於亡室黃夫人遺篋 得當身所自移謄於曆 其意可尙 其事不偶矣 遂以愴慰之心 拭眩眼而手謄之 仍追成其眞書之作 必多伊時之作相舛而篇則完矣 玆題其顚末 時辛巳復月 上旬 牖窩七十九歲翁書. / 내가 금갑도에 유배된 지 6년에 소위 서술하여 만든 것(述製)과 베껴 써서 풀어낸 것(謄繹)이다. 무릇 써 정신을 허비하고 뜻을 둔(寓懷) 것이 거의 사십여 책인 고로 돌아올 때에 이르러서 다 가져와 모름지기 써 자손들에 보여 내가 겪은 바가 이와 같음을 알게 하려고 함이었다. 그 중 「금강중용도」와 「금강중용도가」는 진실로 내가 정심을 허비하고 마음 붙이기를 극도로 한 것이었다. 일전에 다른

〈금강중용도가〉의 서문에서는 가사가 창작된 동기와 그것이 김이익의 가문에 남겨진 이유와 과정을 기록해 놓았다. 「금강중용도가서(金剛中庸圖歌序)」는 한문 기록과 국문 기록이 함께 필사되어 있다. 이 서문은 유배 당시가 아니라 해배가 된 이후에 부가되어서 남겨졌다. 김이익이 79세가 되던 신사년(1821) 음력 11월에 쓰인 것이다. 서문의 내용을 보면 창작과 등사 과정에서 겪게 된 일과 감회가 진솔하게 서술되어 있다.

김이익은 6년 유배 기간 동안에 유배지에서 40여 책을 썼고, 유배에 풀려서 집에 돌아올 때 자손들로 하여금 자신이 겪은 바를 알려 주려고 그것을 가져 왔다고 하였다. 유배의 경험 내용을 후손에게 알려서 경계를 삼고자 했던 것이다. 특히 가져 온 40여 책 중에서 〈금강중용도〉와 〈금강중용도가〉는 작자가 심혈을 기울여 마음을 부쳤던 것이었다. 그런데 그림은 남고 노래는 없어졌다가 다시 찾게 되었다. 노래는 한문으로 쓰고 그 곁에 언문으로도 썼는데, 집안의 부녀들이 보고서 즉시 잘 거두지 못하여서 그것을 옮기다가 빠졌을 것으로 추측했다. 그러던 중에 황 부인이 죽고(순조 19, 1819)

것들을 아울러 수집한즉 그림은 있고 노래는 없었다. 노래인즉 대개 眞書로써 쓰고 그 곁에 언문으로 썼기 때문에 생각건대 부녀 무리들이 얻어 보고도 즉시 거두어들이지 못하다가 搬徙할 사이에 우연히 빠진 것이다. 비록 심히 애석하였으나 또한 할 바가 없었다. 지금에 와서 죽은 황 부인의 유물 상자에서 스스로 책력에 베껴 옮겨 놓은 것을 얻었으니 그 뜻이 가상하고 그 일이 우연치 않음이다. 드디어 감동과 위로의 마음으로써 眩眼을 씻고(拭) 손수 베끼어 쓰고 인하여 그 진서의 지음을 미루어서 이루어내니 반드시 그때의 지음과 더불어서 서로 어긋남이 많았는데 이 편인즉 완비하였다. 이에 그 전말을 제시한다. 때는 신사 복월 상순으로 유와 칠십 구세 옹이 쓰다.

난 이후에, 남겨진 상자에서 아내가 묵힌 책력 뒤에 노래를 베껴 놓은 것을 알게 되었다. 그래서 감동하고 위로하는 마음으로 다시 친히 베껴 쓰고 한문도 다시 붙여 놓았다고 하였다. 이 〈금강중용도가〉를 쓰고 난 이후에 한 달여 만에 다시 짧은 노래를 여러 편 연달 아 썼고, 그것이 『금강영언록』으로 남겨졌다. 「금강영언록소서(金剛永言錄小序)」에는 작자가 어떠한 심정으로 노래를 지었는지가 보다 구체적으로 드러나고 있다.

> 나는 서럽고 冤痛한 마음(心懷)과 衰弱하고 병든 몸(喘息)으로써 오히려 낭독과 묵송도 겨를 하지 못하거든 하물며 詩를 읊조리고 노래를 부를 수가 있으며, 더구나 國喪 절차(國制)도 끝나지 아니하여 팔도강산(八域) 전역이 풍류를 그칠 때이겠는가. 오직 주역(羲經)과 중용(思傳)을 봉독하면서 등사하고 때때로 한 가지 事理라도 얻음으로써 밤낮으로 心懷에 붙이는 자료로 삼고 있더니, 이제 中庸圖도 다 이루어진 餘暇에 비로소 國文歌詞 수 백 언을 얻었으니 또한 심히 통곡하고 싶은 마음에서 우러나온 것이다.
>
> 이어서 병 들어 자리에 누운 지 벌써 수개월이 지났으니 눈도 어둡고 손도 떨려서 오랜 동안 읽고 쓰기를 멈추고 할 일 없이 소일하면서 우연히 數腔의 短歌를 지었으니 하루 이틀에 얻은 것이 적지 않은데 다 나의 속마음에서 우러나온 것이다. 그러기에 어찌 격조와 음향에 맞고 맞지 않음에 구애되어서 버리고 거두어 둘 것을 따지겠는가. 이에 수시로 지은 그대로를 적어 두되(隨得隨錄) 또한 순서도 없으니, 그것은 소시적 과문 공부할 때의 난고 모양과 매우 흡사하니 또한 가소롭지 않겠는가. 이것은 壬戌(순조 2, 1802)년 8월 11일부터 시작한 것이다. 9월 8일에 蹇翁(김이익)은 유배지 금갑도에서 써 둔다.[40]

　김이익이 국문시가를 창작했던 시간은 아직 정조의 국상이 다 끝
나지 않은 때였다. 그러므로 그 누구라도 시를 읊고 노래를 부르면
서 풍류를 즐길 때가 아니었다. 유배지에서 작자는 먼저 통곡하는
심정으로 〈금강중용도가〉를 지었다. 이 가사를 지을 때 작자가 의
도했던 바는 분명했다. 경전 독서와 도설 완성, 연이은 가사 창작을
통해서 세상의 이치(事理)를 얻어서 마음을 달래고자 한 것이다. 그
리하여 중용도가 다 이루어진 이후에 가사를 지었는데 마음을 달래
지는 못한 듯하다. 그 작품이 통곡하는 마음에서 우러나왔다고 토
로하고 있기 때문이다. 그리고 한 달쯤 지난 뒤에『금강영언록』소
재의 시조들을 연이어서 지었기 때문에, 시조를 창작하였을 때에도
그 일상의 모습과 작자 개인의 심리적 상태가 급변하지는 않았을
것으로 추론된다.

　유배자로서 화자는 병들어서 자리에 누운 지가 수개월이었고,
눈도 어둡고 손도 떨려서 읽고 쓰기조차 쉽지 않았다. 노년에 긴
와병을 치른지라 시가를 짓고 싶어도 여의치 않았다. 그럼에도 우
연히 수십 수의 단가를 하루 이틀 사이에 지었으니, 마음속에 있던

---

40) 김이익, 「金剛永言錄小序」, 『金剛永言錄』 - 강전섭, 「금강영언록 연구 서설」,
　　217쪽 번역 인용, 『동방학지』 53, 연세대학교국학연구원, 1986. 余以哀寃之怵 哀
　　病之喘 猶不遑朗讀默誦 況時詩之云而詠之乎 況歌之云而唱之乎 又況國制未闋
　　八域遏密之時乎 唯以義經思傳之奉翫膽寫 時 附一得爲日夕寓心之資 今於中庸
　　圖已成之餘 始作歌詞數百 亦出甚於慟哭之意 也 繼以有疾委席已過數朔 眼眩手
　　戰 久廢翫寫 無賴消遣 偶成數腔短歌 一日二日 所得 轉轉不些則皆出吾腔 奚論格
　　調音響而不收而有之乎 玆以隨得隨 亦無彙 序 盖時科文亂稿之樣 十分恰似矣 不
　　亦可笑哉 寔自壬戌八月旬後而始之云 重九前一日 蹇翁書于棘中.

것이 그대로 표출되었던 것이다. 결과적으로 노래는 격조와 음향에 맞지도 않았을뿐더러 작자는 그것을 개의치도 않았다. 즉, 김이익은 유배지에서 느끼는 심회를 형식과 음률에 구애 받지 않고 짧은 시일 내에 여러 편을 연이어서 썼다. 그러니 마음을 다스리고 말을 정제하는 화법을 쓰지 않고 스스로 마음 가는 대로 표현했다. 결과적으로 유배지에 온 지 햇수로 3년이 지나고 중용과 주역을 읽고 반복적인 일상을 영위해도 화자의 내면에는 슬픔과 분노가 있었다. 그것은 되돌릴 수 없는 선왕의 죽음과 그것에 기인한 가문의 위기와 본인에게 닥친 앙화 때문이었다. 작자의 내면에는 근본적인 상흔이 남아 있었다. 이러한 심리적 상처와 고통을 해소하고자 작품을 창작하고 그 속에서 작자 자신의 정서를 드러내고 유배의 체험을 형상화하였다.

위 「금강중용도가서」와 「금강영언록소서」에서 전제하는 것처럼 작자의 유배 생활은 그리 순탄하지만은 않았을 것이다. 낯선 환경과 풍속, 그리고 사람에 적응해야 했고, 풀리지 않는 분노가 작자의 내면에 자리 잡고 있었다. 그러므로 정신을 허비하고 마음을 붙일 수 있는 일이 필요했다. 섬 생활을 어느 정도 익힌 다음 해 봄이 되자, 작자는 몸과 마음을 추스를 수 있었다. 정조의 죽음을 인정하고 국상 절차가 진행되었으며 그동안 읽었던 주역과 중용에 대한 이해가 어느 정도 이루어졌다. 그리고 중용과 주역에 대한 저술 작업이 있었고 그것을 그림으로 그리기도 하였다. 그러나 유배의 억울함과 분통함이 다 해소된 것은 아니었다. 결국 비록 심회를 다

스렸지만 통곡할 수밖에 없었던 절절한 감정에서 가사 수백 언을
썼고 시조 수십 편을 지었다. 다음 장에서는 창작의 시기가 앞서는
가사 〈금강중용도가〉를 먼저 분석하고, 이어서 유배 시조들에 대
한 탐구로 논지를 진행한다.

Ⅲ.
〈금강중용도가〉의 작품 세계[41]

〈금강중용도가(金剛中庸圖歌)〉를 대면하여 읽는 연구자는 먼저 직접적인 의문을 제기한다. 그것은 왜 작자는 유배지에서 중용이라는 경서를 읽고 그것을 작품의 핵심적인 제재로 삼았는가이다. 더불어 화자가 중용도(中庸圖)를 그리고 중용도가(中庸圖歌)를 불러서 표현하려는 세계와 가치는 무엇인가 하는 점이다. 사대부 유배인이 남해의 고립된 적소에 도착해서 보내는 일상에서 가장 주요한 영역은 독서, 저술, 강학 등이었다. 그리고 이 세 부분은 원래 사유와 행동을 통해서 유기적으로 이어져서 연결되고 있다. 궁극적으로 〈금강중용도가〉를 해석할 때는 작품에 서술된 중용 독서와 그와 관련된 부분을 어떻게 이해해야 하느냐를 설명할 필요가 있다.

유배인이 된 창작자는 유배지에서 중용과 주역을 읽고 그것으로

---

41) 3장에서 서술하는 〈금강중용도가〉에 대한 분석은 졸고인 「18C말 - 19C초, 김이익의 유배 체험과 〈금강중용도가〉 창작에 관한 고찰」(『어문연구』 91집, 어문연구학회, 2017.)을 수정하고 보완한 내용이다. 전체 글에서 논지의 연속성이 자연스럽게 이루어질 수 있도록 재구성하고 보완하였다.

부터 얻게 된 의미를 통해 자신의 삶 속에서 수기하려고 했다. 그리고 이런 화자의 태도는 작품 내부로 자연스럽게 스며들어 있었을 것이다. 그렇다면 이러한 제재의 선택과 창작 방향을 통해서 작자가 의도한 것은 무엇일까? 차례로 떠오른 의문들을 고려하면, 기존 연구에서는 이 점에 대한 응답이 부족하고 작품에 대한 해명은 여전히 충분하지 않다. 그러므로 〈금강중용도가〉에서 나타나는 유배지에서의 일상적인 삶으로서 경서의 독서와 그것과 관련된 가사의 창작은 무슨 의미가 있었는지를 좀 더 예민한 시각으로 바라보고 상세하게 고찰해 볼 필요가 있다.

그러므로 이 글에서는 앞선 장에서 기술한 외부적 사건의 흐름을 순차적으로 따라가면서 김이익이 만들어내는 작품의 의미적인 맥락을 추론할 필요가 있다. 이 토대 위에서 작품의 구조적 특성들을 하나씩 분석하고 작품 내외부를 관통하는 창작자 내면의 지향점을 탐색해 보고자 한다. 그리고 그 과정에서 18세기 말에서 19세기로 건너가는 전환기에 나타나는 사대부 유배가사의 흐름에서 의미 있는 변곡점을 살펴 볼 수 있는 단서를 얻게 되기를 기대하였다.

1. 〈금강중용도가〉의 구조적 특성

〈금강중용도가〉의 제목을 의미 단위로 분할해 보면 금강, 중용, 중용도, 중용도가로 이루어져 있다. 여기서 금강은 유배자가 맺고 있는 선왕과의 인연을 의미한다. 중용은 유배지에서의 마음 공부와 수신을 위한 독서 텍스트이고, 중용도는 중용의 의미를 파악하고 그것을 더욱 명료하게 인식하기 위해서 그린 그림이다. 그리고 중용도가는 이 중용도를 그리고 그것에 대한 감상을 노래로 부른 것이다. 결국 유배를 가서 유배지에서 행하는 독서와 수신이 이 작품의 주요 의미의 축이 됨을 알 수 있다. 이러한 점은 〈금강중용도가〉의 구조를 만들어내는 과정에서 직접적인 기능을 담당하고 있다.

〈금강중용도가〉는 4음보를 1행으로 보았을 때 전체 287행으로 이루어져 있다. 서사에서 화자는 글을 읽지 않고 젊은 시절을 헛되이 보냈음을 후회하고 위리안치의 상태에 놓여서야 스스로를 반성했음을 밝히며 작품을 시작한다. 본사에서는 유배가 결정되는 부분인 본사 7을 전후하여 의미가 크게 두 부분으로 나뉠 수 있다. 전반부에서는 유배가 나타나게 된 배경으로 정치적 문맥을 드러내고 있으며 후반부에서는 유배지에서의 생활 중에서 경서의 독서로 초점을 맞추고 있다. 전반부에서는 유배가 일어나게 된 정치사회적 배경을 주로 밝혔고 후반부에서는 유배 생활에서 이루어졌던 독서와 저술, 그리고 수기(修己)로 장면을 집약하고 있다. 결사에서는 분통한 마음을 억누르고 선왕을 생각해서 노래와 그림을 간직한다는 것으로 마무리된다.

전체를 의미 단락으로 구분해 보면 다음과 같이 정리할 수 있다.

단락	행	내용
서사	어화 독셔군ㅈ들은 ~ 긔 뉘 알고 긔특달가 1 ~ 11행	위리안치 상황에서 부족했던 독서를 반성
본사 1	즁용셔 흔 권칙을 ~ 기수긍교지 12~19행	유배지에서의 중용 독서
본사 2	어화 내 스싱은 ~ 기수경심지 20~46행	공자와 주자의 가르침이 이어지지 않는 세상을 한탄함
본사 3	어화 고마울사 ~ 류련 황낙 ᄶ름일다 47~72행	조선으로의 도통 계승과 송시열 이후 도통 계승자 기대
본사 4	어화 드르시읍 ~ 일편 고심 뉘 아오리 73~100행	도통을 이은 선왕 정조의 군사로서의 자세와 덕업
본사 5	문왕의 우근으로 ~ 무비쳔신의 부은일다 101~123행	정조의 의심스러운 죽음과 신하로서의 애통함
본사 6	원슈의 경신년을 ~ 이 내몸이 되엿고나 124~138행	죽은 정조의 현몽, 유배 결정
본사 7	닙됴흔 후 두세 일은 ~ 거쳐ᄂᆞᆫ 과분ᄒᆞ다 139~146행	기군의 죄목과 유배의 여정
본사 8	놀난 혼을 슈습흔들 ~ 조션의 엇지 뵈리 147~166행	유배지에서 주역 독서와 금강계몽 저술
본사 9	삼스삭 얼는 지나 ~ 망셜츰논 업슬손가 167~176행	유배지에서 중용 독서와 중용도 창작
본사 10	이러코 저러코 ~ 속 뷘 고양남기로다 177~204행	중용도의 내용
본사 11	셰샹의 나온 사름들 ~ 우리 눈을 붉히ᄂᆞᆫ이 205~248행	성인의 심법, 인숙의 삿됨을 피하는 수양법을 강조
본사 12	어화 내 놀애야 ~ 일노 더욱 이통ᄒᆞ다 249~262행	노래를 마치는 감회와 선군에 대한 애통함
본사 13	즉금 모양 볼쟉시면 ~ 뉘이셔 말닐손가 263~284행	자신의 무고를 해명하지 못한 원통함
결사	어화 그러치 ~ 못업시 ᄒᆞ노라 285~287행	선왕을 생각하여 노래와 그림을 간직함

1) 서사

서사에서 화자는 가시울타리 처진 배소에서 자신의 젊은 시절을
돌아보는 것으로 시작한다.

> 어화 독셔 군ᄌ들은 이 내 말ᄉᆞᆷ 드러보옵
> 셰상의 삼긴 글이 만흠도 만홀시고
> ᄉᆞ셔오경 졔ᄌᆞᆸ가 그 엇지 다 닑을손가
> 날ᄀᆞᆺ흔 무식흔 것 쳔ᄌᆞ문 동몽선습 ᄶᆞ힌 후의
> 셔산 펴고 닑은 글이 아마 열권 못다 되니
> 표동인 부동인 ᄎᆡᆨ문동인 이 밧긔ᄂᆞᆫ 다시 몰나
> 이렁져렁 쳥춘시절
> 어름 우희 박미ᄃᆞᆺ 밋근동 지내치니
> 이도 임의 애ᄃᆞᆲ거든
> 쥬ᄉᆞ쳥누 투젼장긔 그 ᄯᅩ 무슴 즛시런가
> 빅슈잔년 되년후의 위리 속의 드러안져
> 지ᄂᆞᆫ 일 회탄흔ᄃᆞᆯ 긔 뉘 알고 긔특달가

> 於話讀書君子輩　此吾言之聽見
> 世上所在書　多乎多乎哉
> 四書五經諸子百家　其何以盡讀哉
> 如我無識物　千字文童蒙先習畢後
> 展書算讀之書　且不過十卷
> 表東人賦東人策問東人　此外不復知
> 此樣彼樣靑春時節
> 冰上推瓢滑滑過
> 此已可恨

酒肆靑樓投錢張其又何等所爲

白首殘年後 圍籬裡入坐

過去事悔歎 其誰知而奇特云

　서사의 첫머리에서 작자는 청자를 "독서 군자" 즉 글 읽는 사대부
로 지정하고 있다. 이것은 작품 전체에서 독서에 대한 서술이 이어
질 수 있음을 드러낸 것이다. "어화 독셔 군ᄌ들은 이 내 말슴 드러
보옵"이라고 시작되는데 화자는 독서 군자에게 말을 건네며 헛되게
보낸 젊은 시절과 그것의 반성으로서의 독서를 전제한다. 화자는
스스로를 비하하듯이 이야기를 하는데, 세상에 많고 많은 책 중에
서 제대로 읽은 책이 열 권도 채 못 되니 자신이 무식하다고 하였
다. 젊은 시절을 주사와 청루를 돌아다니며 헛되이 보내었음을 탄
식하고, 유배 처소에 들어앉아서야 과거사를 후회하지만 알아 줄
이가 없다고 하였다.

　일반적인 유배가사에서는 서사에서 현재 화자가 겪게 되는 고난
에 대한 심정을 읊거나 유배의 원인으로 말머리를 연다. 그런데 이
작품에서는 유배의 원인이나 현실적인 문제를 지적하지 않았다. 실
제하는 상황보다는 과거사에 대한 반성으로 말문을 열고 젊은 시절
을 회고하고 있다. 게다가 과거를 회상하고 기억하는 과정에서도
유배와 관련된 일이 아니라 젊어서의 일반적인 삶의 모습을 성찰하
는 태도를 보인다. 서사의 이러한 서술은 전체 작품에서 시상의 전
개가 전형적인 사대부 유배가사와는 차이가 날 수 있음을 미리 예
고하고 있다. 조선 사대부에게 독서는 일생 추구하는 것이고, 이것

을 통한 배움의 여정은 결국 성리학의 도통을 따라가는 것이다. 그러므로 작품 본사의 전반부에서는 먼저 공자로부터 연원한 도통(道統)으로 초점이 맞춰졌다.

2) 본사의 전반부

본사의 전반부에서 화자는 조선의 사대부 사회에서 나타나는 공자와 주자의 가르침과 그 도통의 연속과 단절을 집중적으로 거론하고 있다. 공자와 주자 이래로 중국 땅에서는 도통이 끊어졌고, 그 맥이 조선에 와서 이어졌음을 서술한다. 그리고 조선에서 도통을 잇는 후계자이자 군사로서 정조의 자질과 덕업을 서술한다. 그리고 본사 5와 6에서는 이 도통이 끊어지게 되는 비극적 장면인 정조의 죽음을 드러낸다.

중용셔 혼 권칙을 몃히만의 다시 보니
어화 이 칙이야 됴흠도 됴흘시고
공ㅈ님 ᄒᆞ오신 말ᄉᆞᆷ ㅈᄉ씨 지으시고
ㅈᄉ씨 지은 글을 쥬ᄌ기셔 쥬룰 내셔
네샹 일과 네샹 말의 셩현도덕 다 실넛니
셩현을 비호랴면 이 칙 혼 권 족히마ᄂᆞᆫ
그러나 이 셰샹 돌나보니 이 글 스싱 바히 업고
설녕 사라 나간단들 긔 뉘 즐겨 ᄀᆞᄅᆞ칠가

中庸一卷冊 幾年後更見
於話此冊 好哉好哉

孔子主所言 子思氏述之
子思氏所述書 朱夫子出註
例常事例常言 聖賢道德俱載
聖賢欲學之　此冊一卷足矣
雖然今世上環顧 此書之師全無
設令生而出去 其誰肯教之 〈본사 1〉

　화자가 유배지에서 읽고 유배지의 관리인이었던 보수 주인에게
부탁하여 구한 책이 중용이다. 중용에서는 우주 만물과 인간의 본
성이 서로 이어져 있다는 주자학적 세계관을 보여 준다. 공자가 해
온 말을 자사가 풀어쓰고, 주자가 거기에 다시 주석을 단 것이다.
이렇게 완성된 중용 속에는 공자에서 자사, 그리고 주자로 이어지
는 학맥이 있다. 이 책에는 성현과 도덕이 모두 구비되어 있어서
성현의 도를 배우려고 하면 이 책 한 권으로 족했다고 말했다. 화자
역시 중용으로 배우고자 할 바는 성현의 도덕이며, 만약 유배지에
서 살아서 나간다면 즐겨 가르침을 받고 싶다고 하였다. 화자는 유
배지에 와서 선비의 도를 다시금 성찰하게 된 것으로 보인다. 이에
이어지는 본사에서는 이 도가 과연 누구에게 이어졌는지 그 계통과
종통에 대한 서술이 자연스럽게 등장할 수 있다.

　어화 동포 형뎨들은 이 내 말솜 ᄌ셰(仔細) 듯소
　이 말 져 말 ᄒ여나니 ᄒᆞᆺ갓 글말쑨 아니로쇠
　앗가올샤 두 분 스싱 여천무궁 못ᄒᆞ오셔
　셰상을 ᄇᆞ리선지 이제 몃 ᄒᆡ 되엿는지

앗가 빅년 즉금 쳔년아츔 쳔년 져녁 만년
섭겹기도 섭거오며 한심홈도 한심ᄒ다
녁디흥망 그 중간의 이젹조차 섯기이고
이젹조차 섯기이고 영웅호걸 만컨마는
진유ᄭᅵ는 바히 젹의 젼국풍우 긴긴 밤의
일지치화 잠간 픠고 한당오계 틋글 속의
지남거도 간 딕 업닉 호원건곤 일 것 ᄭᅧ셔
대명일월 너모 쉬외 피발좌임 다시 오니
져 모양을 보아 주소 취혼 하늘 뉘 ᄭᅢ올고
황하슈도 보기 슬희 내 머리롤 놉히 들고
스싱님 간 곳이니 보려 ᄒ니 뉘라셔 힘〔심〕것던지
가시 덩굴 참쳔ᄒ고 북풍 속의 비린내는
눈 쩌 볼길 아조 업다 힝단샹 칠현금은
뉘 집의 가 이시며 빅녹동 함쟝셕은
어ᄂ 곳의 ᄶᅥ러진가 삼쳔졔ᄌ 어디 간고
억만싱녕 취몽날다 쵀셔산 진셔산은
홍황업시 셔산의 누어시니 셩인의 이ᄀᆺ튼 글
긔 뉘 다시 초줄손가

於話同胞兄弟輩 此吾言之詳聽
此言彼言爲之 不但書言而已
惜哉兩分師父 與天無窮不得
世上棄之 今爲幾年
俄者百年卽今千年 朝而千年夕而萬年
悵然又悵然 寒心復寒心
歷代興亡其中間 夷狄亦此混之

夷狄亦此混之 英雄豪傑多矣

眞儒氏太少 戰國風雨長長夜

一枝彩花暫開 漢唐五季塵埃中

指南車無去處 胡元乾坤艱洗

大明日月太忙 彼髮左袵復來

彼貌樣見之 醉天誰醒之

黃河水厭見 我頭高攙

欲見師父去處 誰之植也

荊棘叢參天 北風裏腥단臭

眼無開路 杏壇上七絃琴

去在誰家 白鹿洞函丈席

落于何處 三千弟子何去

億萬生靈醉夢裏 蔡西山眞西山

無興況西山臥 聖人如此書

其誰更尋之 〈본사 2〉

　화자가 듣기를 원하는 청자가 독서군자에서 동포형제로 바뀌었
고, 천하가 오랑캐의 습속으로 물들고 나라마다 도가 전해지지 않
게 된 연원을 서술하였다. 청자의 범위가 확대되면서 화자의 주장
은 더 보편적이며 일반적이라는 인식이 전제된다. 공자와 주자 두
스승의 도가 끊기고 그 이후에 중국에서 나타나게 된 여러 가지 일
들을 나열하였다. 제대로 된 교화가 이루어지지 못했고 오랑캐의
습속이 섞여 들었다고 질타했다. 그래서 화자가 뜻을 세우고 두 선
생이 거처한 곳을 찾으려고 하였지만 누군가의 방해로 길을 찾을
수가 없었다. 결과적으로 유훈의 간 곳을 모르고, 공자가 가르쳤던

삼천 제자의 명맥도, 주자가 가르쳤던 백록동의 도학도 모두 어느 곳으로 갔는지 찾을 길이 없게 되었다. 억만 사람들이 도를 잃고 꿈속에 있는 듯하다고 보았다. 게다가 정주학이 널리 펼쳐지는 데 큰 역할을 했던 역학에 조예가 깊었던 채원정이나 심경을 찬술한 진덕수조차도 돌아가셨다.

그러니 누가 남아 있어서 성인의 이와 같은 글을 찾고 이어갈 수 있겠는가 하고 물었다. 즉 공자의 제자도 주자의 제자도 또 그 두 스승의 남긴 글들도 모두 이어지지 않고 있다는 점을 반복해서 강조한다. 인물도 사라지고 학문도 스러진 것이다. 결국 세상을 밝힐 수 있는 두 스승인 공자와 주자의 가르침이 이어질 수 없는 세상을 한탄했다. 그런데 이 성현을 이어서 도통을 계승할 땅과 인물이 중국이 아니라 우리, 즉 조선에서 나타나게 된 것이다.

> 어화 고마올사 어질기도 측냥업다
> 즈미궁 화개 알희 고명ㅎ오신 옥황샹뎨
> 우리 사롬 위ㅎ오셔 도통부젼 근심ㅎ샤
> 만국을 술펴 보시니 동방이 기안홀시
> 조화옹을 분부ㅎ샤 셩셩옹과 ㅎ가지로
> 묽은 어롭 담는 빅옥호를
> 쳔하슈 샹샹류의 뻣고 쏘 뻣셔내야
> 슈ᄉ의 조종슈와 넘낙의 연원슈롤
> 이 병 속의 ᄒᆞ디 담아 동ᄒᆡ슈 고이 건너
> 고려말 됴션초의 팔노강산의 고로로 ᄲᅮ려시니
> 몀포은 둔녀가신 후 아국명현 몃몃힌고

문명죵긔 극진ᄒᆞ고 도혹쳔명 우희 업ᄂᆡ
긔즈의 팔죠교롤 쇼즁화의 다시 붉혀
인인의관 졔졔ᄒᆞ고 가가현숑 양양커ᄂᆞᆯ
하믈며 녈조의 슝유즁도 젼가심법 즈별ᄒᆞ다
믈셩즉 필쇠ᄒᆞ니 슌환쳔니 면홀손가
화양동 후쥬즈가 도라가신 빅여년의
즉금 엇던 분이 그 덕젼을 니엇ᄂᆞᆫ고
고관박ᄃᆡ 됴흔 의표 쟝읍규보 어룬 힝지
응당 만이 겨시련마ᄂᆞ 내 못뵈와 흔이로쇠

於話感謝 仁兮無測量
紫微宮華蓋下 高明玉皇上帝
爲吾人 道統不傳憂之
萬國察時 東方開眼
分付造化翁 惺惺翁與之
貯淸冰之白玉壺
天河水上上流洗之又洗出
洙泗祖宗水 濂洛淵源水
此甁裡並盛 東海水穩涉
高麗末朝鮮初 八路江山均酒之
鄭圃隱行過後 我國名賢幾許
文明鐘氣極盡 道學闡明無右
箕子八條敎 小中華復明之
人人衣冠濟濟 家家絃誦洋洋
況列祖之崇儒重道 傳家心法自別
物盛則必衰 循環天理免乎哉

華陽洞後朱子 歸去後百餘年
卽今何如分 其嫡傳承之
高冠博帶好底儀表 長揖規步長者行止
應當多在 吾未見之恨矣 〈본사 3〉

상제가 도통이 끊어짐을 걱정하여 만국을 살펴보고 동방으로 도
통을 잇게 하였다. 결국 끊어진 도통을 누가 다시 찾아내어서 그
명맥을 이을 것인가가 중요하다. 하늘에 계신 어진 옥황상제께서
사람을 위하고 도통이 전해지지 않음을 걱정해서 백옥호에 공자,
주돈이, 정호, 정이의 연원수를 모아서 여말선초의 조선 땅에 고루
뿌렸다. 즉, 정주학이 조선에 널리 전파되었음을 서술했다. 앞에서
는 공자와 주자 이래로 중국 땅에서는 도학이 전해질 수 없었다고
서술했다. 반면에 이 부분에서는 도학이 조선 땅에서는 이어지게
되었음을 대비적으로 서술하였다. 도통의 연원이 조선으로 옮겨졌
다는 소중화 의식이 나타나고 있다.

조선에서 명현이 나고 문명의 정기가 극진하게 되었고 도학이 널
리 알려졌다. 그리고 조선의 도학이 극성에 이르게 되었을 때 마침
화양동 후주자인 송시열이 나타났다. 그러나 만물이 생육할 때, 지
극히 흥하면 다시 쇠하듯이 송시열 이후로는 다시 명현이 많이 나
타나지 않았다. 그러니 이 덕을 이을 이는 누구인가. 예의를 차려서
장자의 행보를 하는 자가 많겠지만, 화자의 눈에는 누구인지 보이
지 않았다. 결과적으로 송시열 이후에 도통을 이을 자를 보지 못한
것이 화자의 한이 되었기에, 이 도통을 이을 자의 출현을 기다리게

되었다. 그리고 바야흐로 문왕과 무왕의 뒤를 이어서 삼대 성왕의
학문을 닦은 왕이 등장하게 되었다. 특히 도학의 계승이 신하가 아
닌 왕으로 이어지게 된 것이다.[42)]

> 어화 드르시옵 우리 션왕 졍종대왕
> 동방의 셩쥐 나샤 총명예지 거륵홀샤
> 녈셩을 계승ᄒᆞ샤 요순우탕 또 나셧니
> 간난험조 다 겻그샤 천녹을 바드시더
> 남면무락 그런 셩효 쳔고빅왕 뉘 밋츌가
> 흑관쳔인 본분ᄉᆞ로 칙겸군ᄉᆞ ᄌᆞ임ᄒᆞ샤
> 졍일심법 다시 닷가 솔셩슈도 힘쓰시고
> 종통대의 병집ᄒᆞ샤 만고강샹 붓드시니

---

42) 이어지는 〈본사 3〉의 후반부에서는 제왕의 학문이 어떻게 이어져 내려왔는지 서술
한다. 요순우탕문무 역대 중국의 성황을 나열하고 그 마무리에서 서경 〈대우모〉의
인심에 대한 구절로 강조했다. 고대의 이상적인 군주는 마음을 닦아서 그것을 통해
서 도심이 외현하는 세상을 이루어냈다. 후대에 주자는 '윤집궐중'을 위태로운 마
음을 다 잡고 평형을 이룬 상태로 보았다. 그것은 인심이 균형을 찾아서 도심과
배치되지 않는 상태이다. 고래의 성왕들이 윤집중을 이루어서 예악과 문물을
갖추었지만, 그 후대의 임금들에 와서는 유흥에 빠져서 몹시 힘들어질 따름이었다
고 서술한다. 결과적으로 화자는『서경』을 인용하고 주자를 빗대어서 군주의 도심
을 서술하고자 한 것이다. 그러므로 도학의 학통을 왕이 이었다는 것은 매우 의미
가 있다. 왕이 곧 성인이 되었기 때문이다. "필부의 공부란 더져 두고 匹夫工夫捨
置/ 졔왕의 흑문을 말슴ᄒᆞ시 帝王學問言之/ 당뇨씨 우순씨 하우씨는 唐堯氏虞舜
氏夏禹氏/ 졔졔군룡 드리시고 濟濟群龍與之/ 은왕 셩탕겨오셔는 殷王成湯/ 신야
일민 겻히 두오시고 莘野逸民置諸傍/ 듀문왕 무왕 두 분은 周文王武王兩分/ 듀공
쇼공 좌우ᄒᆞ여 周公召公左右之/ 윤집궐중 네 ᄌᆞ 글노 允執厥中四字書/ 쳔하태평
닐위시고 天下太平致之/ 네악문물 ᄀᆞ춘 연후 禮樂文物備然後/ 다시 홀 일 젼혀
업닉 更爲之事全無/ 일즉 그 후 몃 님금은 一自厥後幾許君/ 류련황낙 ᄯᆞ름일다
流連荒樂而已矣".

그 뉘라셔 엿ᄌ와시며 그 뉘라셔 돕ᄌ와실가
녜날 셩쥬 다엿 분은 어진 신하 다 잇거늘
우리 션왕 혐〔셤〕기온 신하 ᄯ 무슨 일 ᄒ단 말고
오군부릉 속혬 잡고 매쥬도명 능ᄉ 삼아
일신영화 그 ᄆᆞ음의 애군홀 쟈 거의 드믜
팔자 됴화 이런 셩셰 제 시절만 녀겨 두고
교목셰가 진념ᄒ신 이런 셩의 져ᄇ리니
홀노 닐은 셩덕 대업 탁월젼셩 아니신가
일일만긔 친찰ᄒ샤 팔역군싱 평치ᄒ니
됴셕 슈라 틈이 업셔 미양 그째롤 닐흐시고
병침의 잠간 취침 어늬 밤의 계명젼가
휘호 ᄒᆞᆫ ᄌ 올니온들 쳔일모화 되랴마는
그도 아니 밧ᄌ오셔 평싱지통 펴오시니
셩인칭찬 ᄒ온 말이 인륜지지 ᄉᄌ러니
공ᄌ이후 다시 보니 우리 션왕 아니신가

於話聽之　我先王正宗大王
東方聖主作　聰明叡知出常
列聖繼繩　堯舜禹湯復出
艱難險阻盡閱　天祿受之
南面無樂如許聖孝　千古百王誰及之
學貫天人本分事　責兼君師自任
精一心法更修　率性修道是力
宗統大義秉執　萬古綱常扶之
其誰告之　其誰贊之
昔日聖王五六分　賢臣皆有

事我先王之臣　又何事爲之云

吾君不能裏計執　賣主盜名能事爲

一身榮華其心　愛君者幾希

八字好而如許盛世　認作渠之時節

喬木世家軫念　如此聖意孤負

獨成之盛德大業　卓越前聖非乎哉

一日萬機親察　八域群生平治

朝夕水剌無暇　每失其時

丙枕乍就寢　何夜鷄鳴前

徽號一字雖上之　天日慕畫豈爲哉

其亦不受　平生至痛伸之

稱讚聖人之言　人倫之至四字

孔子以後更見　非吾先王乎哉　〈본사 4〉

〈본사 4〉에서는 화자의 말을 들어보자고 권유하면서 시작한다. 말의 내용은 돌아가신 정조에 대한 찬모의 정(情)을 서술하는 것이다. 첫 번째로 정조의 자질과 덕성, 그리고 왕업을 기술한다. 특히 왕조의 지도자이자 도통의 계승자로서 품격과 정통성을 열거한다. 두 번째로 성군인 정조를 도와줄 제대로 된 신하가 거의 없고 임금을 팔아 이름을 얻고자 하는 신하만이 있음을 지적한다. 그러므로 성덕과 대업을 이룬 것은 오롯이 전대의 성황(聖皇)들을 뛰어넘는 탁월한 왕의 자질과 능력 때문이었다고 본다. 세 번째로는 정조가 행해왔던 일들을 나열하고 그가 지칠 줄 모르고 만기를 친람하였음을 지적하였다. 결과적으로 공자 이후에 다시 계승된 도학의 지도자가 우리 선왕이었음을 강조한다. 공자 이후에 인륜의 지극함을 보인 사람은 바로 우리 선왕(先王)이었다.

정조대왕은 왕위에 올라서 학문과 도덕 수양에 힘써서 군사를 자임했다. 특히 정조는 왕정의 후반기에 오면 왕이자 스승으로서 자신의 역할을 인식하고 조야의 신하와 선비들에게 이점을 각인하려고 하였다. 화자는 서술 과정에서 이러한 정조의 의도를 가감 없이 수용했음을 보여준다. 고래의 성왕들은 현신의 도움과 보좌를 얻어서 덕업을 쌓았는데, 우리 선왕께는 그러한 신하가 없었다. 그러니 지금의 모든 것이 왕이 홀로 이룬[獨成] 대업이니 오히려 전대의 성인보다도 탁월하다고 본 것이다. 선왕은 아침저녁으로 쉴 틈 없이 과중한 시무에 시달리면서도 성인이 다다를 수 있는 인륜의 지극함을 이루어냈다. 이러한 분을 드디어 공자 이후에 다시 볼 수 있게 되었다고 감탄하는 마음이 저절로 드러났다. 즉 선왕께서는 사부이자 왕이고, 동시에 성인의 위치에 오른 것이다.

> 문쟝은 여시어늘 어느 틈의 이리 거록
> 듀무왕후 끗촌 도통 지금 임의 몃 쳔년의
> 우리 왕긔 밋즈와 쏘 다시 붉아 잇니
> 당신 몸만 위홀 뿐가 슈유후곤이 졀노 되고
> 위만셰 기니혹은 일편고심 뉘 아오리
>
> 文章餘事 何暇若是出常
> 周武王後已絶道統 至于今幾千年
> 逮于吾王 又復明焉
> 奚但爲當身之身 垂裕後昆自然爲

爲萬世開來學 一片苦心誰知之 〈본사 4〉

주무왕 이후에 끊어진 성인의 도통이 우리 왕에 와서야 다시 밝아졌다. 단절되었던 도통이 우리 왕에게 이어졌음을 지적하고 왕의 선정이 다시 연속됨을 보여준다. 정치적으로 백성을 다스림과 동시에 학문적으로도 도통의 계승과 발전을 가능케 하는 존재가 바로 왕이었음을 서술한다. 정조는 모범이 되는 법도를 제시하고 만세를 위해 가신 성인을 이어서 후대와 후학을 이끌었다. 그러므로 "수유후곤이 절로 되고" "위만세 기리혹"을 기대할 수 있었다. 결과적으로 공자와 주자의 도는 우리 선왕에게 이어졌고 그 도를 체현했던 왕은 왕조의 중추가 됨과 동시에 도통의 기준이 되었다. 그러므로 이러한 왕의 죽음은 한 개인의 종말이자 동시에 도통의 끊어짐이 되었다.

> 문왕의 우근으로 요령을 감손흐샤
> 스십구셰논 요롤 못면흐시고 이십오년은 잠시 지위
> 망금홈도 망극흐다 망극흔 중 원통흔 일
> 년년 씀듸 본병환의 녜스 약은 어더 두고
> 져런 흉역 샹의원의 이런 괴악 독약물을
> 옥체샹의 쓰읍단 말 만만고의 잇돗던가
> 그 놈으란 아직 두고 뉘라 당초 천거흐고
> 황명됴 홍환약이 니가작의 죄쓴인가
> 이리 되온 이후스야 더옥 홀 말 이실소냐
> 불샹홀 손 우리 션왕 원통홈도 원통흐다

文王之憂勤 堯齡焉減損

四十九歲未免稱夭 二十五年暫時在位

罔極矣罔極矣 罔極之中寃痛事

年年汗癤本病患 例常藥何處置

如彼凶逆常醫員 如此怪惡毒藥物

玉體上用之之說 萬萬古有之乎

厥漢姑置 其誰當初薦擧

皇明朝紅丸藥 李可灼之罪而已哉

此而後事 尤豈有可言乎

不祥哉吾先王 寃痛復寃痛 〈본사 5〉

　　왕의 죽음이 예사롭지 않았고 그 원인은 매우 정치적이었다. 특히 남인계와 시파 사대부들에게 정조의 죽음은 예상 못한 급변이었다.[43] 정조는 1800년 6월 10일을 전후하여 병세가 악화되어서 채 한 달도 안 된 6월 28일 초저녁에 사망하였다.[44] 화자는 왕의 죽음을 둘러싼 석연치 않은 정황들을 제시한다. 평소 왕이 자주 앓았던 부스럼에 쓰던 약재를 사용하지 않았고 역심을 품은 상의원이 독약을 옥체에 썼다고 하였다. 게다가 그 불충자는 여전히 그대로 있었기 때문에 비난의 화살을 그를 천거한 이에게로 돌렸다. 당시에는 실제로 정조를 둘러싸고 암살에 대한 소문과 의혹들이 난무했다.[45]

---

43) 정조의 죽음과 관련된 음모론에 대해서는 다음 논의들을 참조하여 기술하였다. 안대회, 「어찰의 정치학-정조와 심환지」, 『역사비평』, 2009, 5; 김성우, 「1800년 '인동작변(仁同作變)'을 둘러싼 다중의 시선들」, 『역사와 현실』 82, 한국역사연구회, 2011.

44) 『승정원일기』 정조 24년 6월 10일~28일.

그 핵심은 제조로 있던 벽파 심환지가 어의를 시켜서 정조를 죽음
에 몰아넣었다는 것이었다.

화자는 여러 정황들을 차례로 열거하면서 자신의 합리적 의심을
강화한다. 정조의 죽음을 명 황실 태창제의 갑작스러운 급사와 동일
한 시선으로 바라본다. 젊은 황제였던 태창제 역시 즉위 4개월 만에
급사하였는데, 이가작이 올린 붉은 약을 먹고 죽었다. 그런데 태창제
의 죽음의 이면에는 동림당 계열 신료들과 환관 중심의 엄당 사이에
서 존재했던 극심한 정치적 암투와 당쟁이 있었다. 결국 화자가 이
명 황실의 이야기를 빗대어서 비판하려고 하는 인물은 바로 심환지
를 머리로 삼은 노론 벽파였다. 벽파의 무리들이 왕을 시해했다고
본 것이다. 그렇기 때문에 화자는 정적인 벽파에 대한 의심과 분노를
적나라하게 서술한다. 사십 구세의 요절을 "망극흠도 망극ᄒᆞ다"고
서술하고 "흉역 상의원"이 "괴악독약물"을 썼다고 극언한다. 그러므
로 화자의 이들에 대한 반감도 점점 증폭되면서 왕의 죽음을 더욱
원통하고 애통하게 여기게 된 것이다. "불샹홀 손 우리 션왕"에 대한
화자의 원통함을 재차 강조했다. 화자는 세간에서 널리 돌고 있었던
벽파 권신과 의관이 결탁한 정조 독살설을 거의 사실로 받아들이고

---

45) 김성우, 같은 논문, 224쪽. "정조의 죽음을 둘러싼 의혹은 정조의 급서 이후 정순왕
후의 수렴청정, 노론 벽파 정권의 출범이라는 급변하는 정세 속에 한층 커져갔다.
의혹은 주로 정조의 치세 기간(1776~1800) 그의 우군으로 활동했던 노론 시파(時
派)를 비롯해서, 소론(少論), 남인(南人), 소북계(小北系) 관료나 지식인들을 중심
으로 제기되었다. 의혹의 주된 내용은 정조가 노론 벽파에 의해 암살되었다는 것이
었다. 심인의 연훈방 처방이 그 근거로 제시되었다. 연훈방은 수은과 같은 중금속
을 이용하여 상처 부위에 연기를 쐬는 극약처방이었기 때문이다."

있다. 왕의 억울한 죽음은 결국 작자의 유배로 이어지게 된다.

6월에 왕의 예상치 못한 서거 이후에 그해 섣달이 되었을 때, 화자는 곧 다가올 미래를 예감하는 꿈을 꾼다.

> 원슈의 경신년을 업시코져 뉵갑중의
> 이 히 납월 새벽꿈은 어이 그리 졍녕턴고
> 거동소의 입시ᄒ니 쳔신 ᄒ나 ᄲᆫ이로쇠
> 룡안은 이열 ᄒ오시고 옥음은 츈온ᄒ오셔
> 젼셕죵용 샹시모양 가인부ᄌ 더욱 ᄀᆺ히
> 룡포로 약을 내샤 어슈로 주오시니
> 봉피 우ᄒ리 세 ᄌ 쁜 것 금즁강이 분명ᄒ다
> 긔복ᄒ여 밧ᄌ와 관복 속의 너흔 연후
> 샹하슈작 다쇼광경 그 어이 다 긔록홀이
> 환궁거동 지송ᄒ고 쑴을 문득 ᄭᅵ야나니
> 새벽 둘빗 창냥ᄒᄃ 니웃 둙이 자조 우니
> 흰 벼개의 업ᄃ리니 피눈믈 졀노 나니
> 새ᄂᆫ 날 기ᄃ려 히몽셔롤 샹고ᄒ니
> 님금이 약을 주셔 뵈면 일신이 무양타 ᄒ엿더니
> 이 쑴 후 오륙일의 이 내 몸이 되엿고나

> 怨讐之庚申年　六甲中欲去之
> 是歲臘月曉夢　何爲其丁寧
> 擧動所入侍　賤臣一介已矣
> 龍顔怡悅　玉音春溫
> 前席從容常時貌樣　家人父子尤似之

龍袍出藥　御手賜之

封皮上三字書　金中剛分明

起伏受之　官服裡納然後

上下酬酢多少光景　其何以盡記

還宮擧動祗送　夢於是覺

曉月蒼凉　隣鷄頻唱

素枕伏泣　血淚自出

曙日俟之　解夢書考見

人君賜以藥　一身無恙云

此夢後五六日　此吾身爲矣　〈본사 6〉

경신년 섣달 어느 날 화자는 새벽녘에 꿈을 꾸었다. 〈금강중용도
가〉에서 꿈은 유배를 예감하게 하는 장치이고 꿈속에서 님은 화자
에 대한 사랑과 배려를 드러낸다. 전대(前代)의 유배가사에서 꿈은
화자가 님에 대한 사랑을 이루려고 했던 통로라면, 이 작품에서는
님이 화자에게 사랑과 배려를 주는 장소가 된다. 임금은 "룡안은 이
열"하고 "옥음은 츈온"하였고 화자는 그 옆에서 상시처럼 시좌하였
다. 이것은 꿈속에서 이루어지는 편안하고 다정한 군신 관계를 보
여준다. 이러한 만남은 마치 집안의 부자 사이와 같았다. 왕은 화자
의 안위를 걱정해 용포에서 약을 내어 주었고 그 약봉지에는 금중
강 세 자가 쓰여 있었다. 새벽 달빛이 밝은데 이웃의 닭 울음소리에
잠을 깼더니 모든 것이 사라졌다. 그러므로 이러한 임금의 부재는
화자로 하여금 "흰 벼개의 업드리니 피눈물 졀노나닉"가 되는 상실
감을 가져 왔다. 이 꿈에 대한 서술은 『금강계몽』의 〈기몽〉에 기록

된 내용과 거의 동일하다.[46] 화자는 날이 새자마자 해몽서를 보고
꿈을 풀어 보고 안심했지만, 5~6일 후에 유배의 몸이 되었다. 〈기
몽〉의 기록에 의하면 이 꿈을 꾼 날이 20일이었고, 실제 화자의 유배
가 결정된 날이 25일이었다.

  결국 이 작품에서 화자는 다시 꿈을 통해서 왕과의 만남을 기대
하지 않는다. 이미 연모의 대상이었던 선왕(先王)은 존재하지 않고
현재의 어린 왕은 아직 정치적인 권력자나 공의의 주도자가 아니
다. 그러므로 화자는 현재의 실제 삶에서는 연군의 대상은 존재하
지 않게 되었고 정치적인 대립자만이 존재하는 맥락 속에 놓인다.
이러한 경우에 화자가 선택한 유배지에서의 삶은 출구가 없다. 그
러므로 유배지에서 수기(修己)하고 독서하면서 도를 재인식하는 삶
을 영위할 수밖에 없었다. 이러한 삶은 또한 어지러운 시절에 하는
처신으로서 안동 김문에서 김수항 이래로 권유하고 지지받던 방

---

46) 『金剛啓蒙』권5(貞), 「金剛名篇解」, 〈記夢〉庚申十二月二十日, 夜夢伏聞 動駕之
報 賤臣先詣一公廨 以待則少頃 先大王正宗御蟬冠龍袍 坐紅茶藍輿前 排若干挾
輦 若干陪從 若干遵正路而行正路 有一轉曲處 賤臣祗迎於此 仍爲陪上於大廳 大
廳十餘間 東西北皆分閣而南面則通 上殿座于正中 賤臣進伏於前則 自御袖 出一
貼紙 其厚如正草紙而長廣封摺之樣一如常時所 頒?樂封襄. 賤臣祇受以見則, 皮
面大書金中剛三字, 其中有如大墨膏藥貼者數三枚見, 訖依前襄之納于袖中, 上俯
視訖移御于東偏分閣之內, 臣亦隨往侍立則, 上又出一紙, 摺疊如簡札樣者授臣.
見其之厚而有裂破數處, 展之則第一間有數字書, 第二間第三間則 下數層而有
〈樣橫畫者數三處, 其右傍有數字細書, 而覺後忘了仍有許多下敎, 似皆眷顧溫存
之論而若以付托此事, 顧護此人之意, 書在紙中, 俾臣無或遺忘者, 然時瞻龍顔先
愁後喜而玉音之春溫如常也. …… 賤臣依前祇, 送於轉曲處, 駕過後, 起立, 停望
移時, 而先王亦於輿上, 屢次回顧, 君臣有悵戀難捨之意, 及其還內之後, 臣亦回
家, 仍以夢覺時, 曉月蒼涼, 鷄唱已亂, 玉音如在於耳, 天香尙留於手, 一聲長慟,
腸裂心摧, 呼燭詳記以期不忘.

식이기도 하였다.

본사의 전반부에 해당하는 본사 1~본사 6에서는 결국 작자인 김이익이 유배를 가게 되는 정치적 배경을 서술했다. 그런데 그 과정을 시간의 흐름에 따라서 순차적으로 서술하기보다는 특정한 사건에 집중하였다. 화자 개인의 중용 독서가 성인의 가르침을 얻는 행위로 보편화되면서 결국 화자가 속한 사회에서 도통의 계승과 단절이라는 문제를 제기하였다. 그리고 그 도통의 계승자로서 덕업을 쌓은 선왕에 대한 경외감을 반복해서 기술하였다. 그렇기 때문에 선왕의 실존적 죽음은 화자 개인의 정치적 실각만이 아니라 도통의 문제와 관련을 맺고 있음을 암시한다.

3) 본사의 후반부

본사 후반부에 해당하는 본사 7~본사 13에서는 유배지에서의 경서 독서와 그것의 의미를 서술한다. 후반부의 논리적인 틀은 화자의 행위를 기준으로 삼아서 짜여 있기 때문에 읽고, 쓰고, 그림을 그리고, 노래하는 과정이 계기적으로 펼쳐진다. 이것은 유배자의 일상생활이자 동시에 사대부로서 수기하고 도통을 따르는 과정이기도 하다.

본사 7에서부터 유배가 실질적으로 시작된 과정이 나타나고 있다.

> 님됴훈 후 두세 일은 오늘날이 응당호고
> 지룡업시 취승호니 과복지지 당연호더

하환무스 긔군 두 즈 이 아니 지원흔가
가묘의 하직흐고 엄졍이 챵황흔디
화산숑빅 브라보고 도방의셔 통곡흐니
북풍한셜 므슴 일노 이 내 간쟝 더옥 녹니
빙졍곤마 겨요 모라 열흘만의 도비흐니
풍속은 엇더흔지 거쳐는 과분흐다

立朝後二三事 今之日應當
無才能驟陞 過福之災當然
何患無辭欺君二字 此豈不至寃乎
家廟下直 嚴程蒼黃
華山松柏望見 道傍慟哭
北風寒雪何事 此吾肝腸尤消矣
冰程困馬艱驅 十日到配
風俗何如 居處過分 〈본사 7〉

　선왕의 현몽 이후, 1800년 12월 25일에 김이익은 금갑도로 유배
당했다. 이 부분에서 유배의 죄목과 유배 길의 과정과 도착 등 그
여정이 압축적으로 서술되어 있다. 그리고 유배의 죄명이 드디어
기군(欺君)으로 밝혀졌다. 화자는 입조한 이후에 왕으로부터 과분한
대접을 받았고 재능이 없음에도 불구하고 높은 자리를 차지했다고
스스로 겸양했다. 그러나 화자는 '기군'이라는 죄명을 인정할 수는
없었다. 정조의 생전에 김이익은 왕의 뜻을 따르지 않고 지나치게
당파적인 이해관계를 관철하려고 하여 정조가 경계하고 질책하였
다. 그렇지만 결론적으로 김이익은 정조의 의리를 공의로서 수용하

였다. 그런데 왕이 죽고 나자 새로운 권력자가 선왕의 논리를 자의적으로 해석해서 이용한 것이었다. 그러므로 지극히 원통한 마음으로 가묘에 하직하니 가혹한 앞길이 멀리 남아 있었다. 화산의 소나무와 잣나무를 바라보고 길가에서 통곡하였다. 12월 한겨울에 북풍한설을 맞으면서 유배 길을 떠나니 간장이 녹아나는 마음이 되었다. 피곤한 말을 몰아 거의 열흘 만에 절해고도인 금갑도에 도착하였다. 유배지의 풍속은 어떠한 지 알 수 없었으나 화자의 거처는 스스로 보기에 분에 넘친다고 하였다. 당연히 안락한 거소가 될 수 없었지만 있는 그대로 담담하게 현실을 수용했다.[47]

본사 8~본사 12에서는 주역을 읽고 『금강계몽』을 서술하고 중용을 읽고 〈중용도〉를 창작하는 과정이 순차적으로 서술된다. 이 작품에서 화자의 방점은 주역보다는 중용에 놓여 있다. 이 점은 이미 본사 1에서 중용이 세상을 이해하는 가장 의미 있는 책이라고 지적하고 있고 본사의 후반부에서 중용 이해로부터 기인한 심법(心法)과 수양법을 강조하면서 서술한다. 이러한 이해는 독(讀), 서(書), 도

---

47) 화자는 유배지를 긍정적인 시선으로 바라보고 있다. 다음의 24번 작품을 보면, 유배지에 대한 그의 인식과 감각을 짐작할 수 있다. 섬은 조개 등처럼 작고 그 섬을 둘러싼 바다조차도 한 잔의 술과 같다. 이렇게 작고 초라하고 옹색하지만, 넓은 세상 서울에서조차 용납되지 않았던 화자를 받아들였다. 그러므로 세상에서 가장 넓은 품은 이곳인가 하다는 말이다. 정치적으로 매우 궁벽한 처지에 몰린 화자의 심정을 대변하고 있다. 실제 유배지에서의 삶은 경제적으로 넉넉하지 않았을 뿐만 아니라, 그 풍토에 적응하기도 만만치 않다. 그럼에도 불구하고 정치적으로 퇴출당한 화자를 수용하고 있으니 그러한 것에 대한 고마움과 감사의 마음이 있었을 것이다. 섬은 죠개등만 ᄒ고 바다는 一盃水(일비슈)ᄀᆺ희/ 비록 그러ᄒ나 이 내 몸을 容納(용납)ᄒ여시니/ 아마도 世上(셰샹)의 널은 곳슨 예쑌인가 ᄒ노라 (『금강영언록』 소재 24번.)

(圖), 가(歌)로 이어진다. 독서를 위한 전제가 본사의 전반부라면, 후
반부에서 화자의 발화는 도와 가로 이어지면서 화자의 감정도 고양
된다. 그리고 이러한 유배지에서의 경서 독서는 정조의 죽음으로부
터 기인했다는 정치적 맥락 위에 놓여 있다. 주역과 중용이 중요
독서 목록이었으나, 이 작품에서 독서의 핵심은 중용에 놓여 있었다.
  먼저 주역에 대한 독서를 시작했다.

        놀난 혼은〔을〕 슈습ᄒᆞᆫᄃᆞᆯ 셔론 회포 어디 둘고
        칙권이나 빌 도리롤 동너 스람 넌비ᄒᆞ야
        셔당마다 긴걸ᄒᆞᆫᄃᆞᆯ 뉘가 날을 보고 빌닐손가
        수삼삭 거의 지나 쥬역 ᄒᆞᆫ 질 어더보니
        삼십년젼 보던 면목 쇼경의게 단쳥일다
        병든 소리 쳔촉ᄒᆞ야 닑어보든 못ᄒᆞ야도
        세 번 네 번 벗겨내고 훈고ᄭᅡ지 산졀ᄒᆞ니
        쳐음보다 빗승ᄒᆞ야 알듯알듯 ᄒᆞ니그려
        다숫 권의 눈화 미야 졔목을 쓰려다가
        홀연 ᄉᆡᆼ각 젼년 ᄭᅮᆷ을 내 스스로 ᄒᆡ득ᄒᆞ니
        금갑도 가온디 혼자 안자 강유지니 귀경홈을
        션왕이 권념ᄒᆞ샤 미리 아니 니르신가
        이리져리 ᄉᆡᆼ각ᄒᆞ니 ᄎᆞᆷ아 엇지 니줄손가
        금강 두 ᄌᆞ 가져다가 칙마다 졔목ᄒᆞ야

        이 내 ᄆᆞ음 붓쳐 두고 ᄭᅵ나 자나 보려터니
        동지ᄃᆞᆯ 넘오일의 쳔극을 더으시니
        이원은 ᄇᆞ려 두고 황숑ᄒᆞ기 그지업ᄂᆡ

글볼 무음 아조 업셔 침셕의 위돈ᄒᆞ니
죽고 살기 하늘이니 ᄇᆞ려 두고 보려니와
이 죄명 못씨스면 조션의 엇지 뵈리

驚魂雖收拾　痛懷何所寓
冊卷借來道　洞內人連臂
書堂到處懇乞　誰見我而借之
數三朔殆過　周易一秩得見
三十年前所見面目　盲聾之於丹靑
病聲喘促　讀見則不得
三番四番翻謄　訓詁至於刪節
視初百勝　若知若知耳矣
五卷分束　題目將寫
忽然思之前年夢　吾自解得
金甲島中獨坐　剛柔之理翫見
先王眷念　其非預告之乎
此而彼而思之　何忍忘乎哉
金剛二字持來　隨冊以此題目

此吾心寓置　寤寐欲見
冬至月念五日　荐棘加之
哀冤抛置　惶悚罔涯
看書之心全無　寢席委頓
死也生也天也　棄置而見矣
此罪名未洗　何以見祖先　〈본사 8〉

화자는 먼저 유배지에서 주역을 한 질 얻어서 읽기 시작하였다. 후미진 절도에서 경서를 구하기가 어려웠고 동네 사람을 통해서 여기저기 서당을 탐문하여 겨우 얻을 수 있었다. "삼십년전 보던 면목 쇼경의게 단청일다", "병든 소릭 쳔촉ㅎ야 닑어보든 못ㅎ야도"라고 하여 오래도록 경전 독서를 소홀히 했던 화자의 처지를 그려냈다. 30년 만에 다시 보니 마치 장님이 단청 보듯 알 수가 없다고 하였다. 그래서 주역을 여러 번 읽어 보고 나름으로 훈고까지 하여서 다섯 권으로 나누어서 주역에 관한 책을 저술하였다.[48] 이러고 나니 그 뜻을 알듯알듯하다고 보았다. 이에 제목을 정하려고 생각해 보니 선왕이 꿈속에 나타나서 주었던 글자에서 두 자를 가져왔다. 그래서 金 剛 두 자를 앞에 두고『금강계몽』이라고 작명하였다. 그 이후에 이 책의 독서에 전념하려고 하였다.

그런데 유배지에서 다시 '천극'의 형벌이 더해져 독서를 멈추고 다시 자신의 죄와 처지에 대한 한탄으로 돌아왔다. "글볼 ㅁ음 아조 업셔 침셕의 위돈ㅎ니"이라고 하면서 불안한 자신의 처지에 한가하게 책 읽기에 전념할 수 없었던 심경을 드러냈다. 이러한 유배자의 불안감은 결국 "죽고 살기 하늘이니 ㅂ려 두고 보려니와"와 같이 생사의 문제로 연결될 수 있었다. 그러니 더욱 화자가 자신의 죄명을 말 그대로 받아들일 수 없는 것이었다. 억울한 형벌과 그로

---

48) 주역을 읽고 저술한 책은『금강계몽』이다. 이 책은 현재 5권 5책이 남아 있는데 1~4책은 1801년에 저술됐고, 5책은 1802년에 저술되었다.『주역』에 대한 해설서로는『금강계몽속편』,『금강학공유』,『금강경』이 각 1책씩 남아 있는데 모두 1802년에 서술하였다.

인한 심정을 조상에게 하소연할 정도였다. 그만큼 정치적 외부 상
황의 변동은 유배지에 있었던 화자에게 계속해서 영향을 미치고
있었다. 이러한 불안한 심리는 작품의 마지막 부분까지 계속 나타
나고 있다.

삼ㅅ삭 얼는 지나 올봄이 되엿고나
쥬인사롬 고마워셔 즁용 흔 권 어더 주니
내 졀머실 쌔 드르니 셩현문쟝 ㅂ론 길이
다른 경셔 고샤ㅎ고 이 글이 웃듬이라 ㅎ매
업논 긔력 강작ㅎ야 세 번재 벗겨낸 후
졔목을 쓰고 보니 몽즁삼ㅈ 더옥 완연
오운은 졈졈 먼디 이롤 보니 빅비 셜외
졍녁을 허비ㅎ야 그림으로 그려내니
미ㅅ오지 내 알손가 션군 싱각 여긔 붓쳐
듀야블니 이 두 글에 망셜춤논 업슬손가

三四朔條過 今春已届
主人可感 中庸一卷得給
吾於少時聞之 聖賢門墻正路
他經書姑舍 此書爲元云
所無氣力强作 至于三次謄出後
題目寫而見 夢中三字益宛然
梧雲漸漸遠 見此百倍哀
精力虛費 以圖寫出
微辭奧旨吾知乎 先君之思付於玆
晝夜不離此兩書 妄說僭論豈無哉 〈본사 9〉

1802년 봄에 화자는 중용을 유배지에서 얻어 읽기 시작한다.[49] 유배지에서 화자를 돌보는 보수주인에게 중용을 얻었고 중용이야 말로 성현이 제시하는 바른 길로 알아서 그것을 으뜸으로 여겼다. 즉 화자는 험난한 생활 속에서 성현의 길을 지렛대로 삼았다. 그래서 그 책을 세 번을 베껴낸 후에 (책을 엮어서)『중용』에 대한 화자 나름의 해석과 분석을 덧붙인 책을 쓰고 제목을 정했다. 그 제목 역시 꿈에서 보았던 '금', '강' 두 글자로 만들어졌다.[50] 또한 중용의 내용을 요약적으로 드러내는 중용도(中庸圖)를 그려내니 은근하고 깊은 뜻을 내가 알 수 있을지는 모르겠다고 하였다. 그래서 그림 위에는 선군(先君)의 생각을 부쳤다. 이것은 중용에 대한 정조대왕 의 생각을 중용도에 반영한 것이었다. 즉 화자는 도리(道理)에 대한 사유를 정조의 생각에 전적으로 의지하고 동의한 것으로 보인다.

중용에 관한 책을 저술한 이후에는 중용도를 그W려놓고 사람의 사람됨이 무엇인지를 경서의 핵심적인 내용으로 이해하려고 노력

---

49) 기록에 의하면 김이익은 금갑도에서 서당을 열었고 현지 섬사람들과 어울리며 그 들의 생활과 풍습을 기록했다. 그는 섬에서 생활하면서『순칭록』을 지었는데 이 책은 진도의 예의범절 지침서로 간행되었으며, 관례, 혼례, 상례, 제례 등 네 편으 로 구성되어 있다. 이러한 제반 상황을 고려하면 그가 섬에서 유배 생활을 하면서 경서를 읽고 저술하는 과정이 그리 어렵지는 않았을 것이다.『서남해 섬과 유배 문화』, 문화재청 국립해양문화재연구소, 2011, 153쪽.

50)『金剛啓蒙』권1(元), 「序文」, 한국학중앙연구원 장서각, 한국학자료총서 52, 2015. 蓋於被謫前數日, 夢拜先王, 昵承溫音, 旋荷藥裹之錫而於其皮面, 大書金 中剛三字, 跽擎袖之, 覺猶天香在手.『금강계몽』의「서문」에 보면, 이와 같은 기 록이 나오는데 김이익은 유배 시기에 저술한 거의 모든 책에 금, 강 두 글자를 공통적으로 사용하였다. 금, 강은 화자의 꿈에 나타난 정조가 준 약봉투 위에 쓰인 글자였다.

했다.

이러코 져러코 이 그림 펴고 보니
어화 긔특ᄒ다 사롬의 사롬된 일 긔특ᄒ다
모롬은 모로거니와 이 내 말슴 드러보옵
음양이긔 합ᄒ여셔 사롬의 긔질 되어나고
오힝일니 쏘 갓다가 속속드리 메워시니
간위폐신 눈호인ᄃᆡ 이목구비 지쳬로다
각각 제 일 맛다시니 도츳지ᄂᆞᆫ 뉘 홀넌고
넘통 ᄒ나 특치ᄒ야 일신쥬인 삼아노코
오힝으로 오샹되니 인의례지 신이로다
이롤 ᄌ시 슬피코져 붉은 화로 속ᄒ이고
ᄆᆞ옴 ᄒ나 쥬쟝ᄒ리 쏘 다시 잇내그려
대져 이 ᄆᆞ옴 져 구셕의 셩이라ᄂᆞᆫ 져 당신이
샹뎨명을 밧드와 심과 홈ᄭᅴ 나이셔
단젼으로 집을 삼고 방당활슈 둘넌ᄂᆞᆫᄃᆡ
틔끌 ᄒᆞᆫ 졈 업시ᄒ고 놉히 안져 지휘ᄒ니
허령으로 젼쳬 삼고 지각으로 대용 삼아
즁니롤 도찰ᄒ고 만스롤 다 응ᄒᄃᆡ
어제 오늘 ᄂᆡ일 모리 ᄒᆞᆫ 시ᄭᅩ도 쉬지 아냐
인싱도리 무흠ᄒ고 쳔하ᄉᆡ 다 슌ᄒ니
년셰도 그리 만치 아니ᄒᆞᆫᄃᆡ 온갖 묘리 하 잘 아니
쳔샹의ᄂᆞᆫ 쥬지ᄀᆞᆺ고 인간의ᄂᆞᆫ 님금ᄀᆞᆺ히
일노 두고 보량이면 너 ᄒ나 업돗더면
ᄆᆞ옴심 일부위가 속 빈 고양남기로다

此乎而彼乎而 此圖展見

於話奇特哉 人之爲人奇特

不知則不知 此吾言聽見

陰陽二氣合之 人之氣質做出

五行一理特來 裏裏充之

肝胃肺腎所分處 耳目口鼻肢體

各各渠事任之 都次知誰爲

靈通一介特差 一身主人定之

五行以爲五常 仁義禮智信

此而欲詳察 以火明而屬之

心一介主張者 又復有焉

大抵此心彼奧 性之云者彼當身

奉上帝命 與心俱生

丹田爲室 方塘活水環之

一點塵無之 高座指揮

虛靈爲全體 知覺爲大用

衆理都察 萬事皆應

昨日今日明再明 一時刻不息

人生道理無欠 天下事機皆順

年歲不尋多 許多妙理太善知

如天上之主宰 若人間之君王

此以觀之 汝一介若無

心之一部位 裏虛枯楊樹 〈본사 10〉

　　이 부분은 완성된 중용도를 보면서 그 내용을 서술한 것이다. 중
용의 주요 내용에 대한 화자의 핵심적인 이해는 결국 오행(五行)이

오상(五常)으로 연결되고 더불어서 심(心)과 성(性)의 문제로 집약된다는 것이다. 음양오행(陰陽五行)을 천지를 아우르는 기(氣)의 운행으로 노래하는데, 이것은 오행을 의리적으로 해석하고 있는 것으로 볼 수 있다. 또한 오행의 리가 사람의 몸과 마음에도 갖추어져 있다고 보았다. 몸에 있는 오장(五臟)과 이목구비(耳目口鼻)를 오행의 징표로써 설명하고, 이어서 마음의 경우에는 오행을 오상으로 설명하고 있다. 따라서 추측컨대, 지금 볼 수는 없지만 이 중용도의 그림에는 오행이 오상으로 연속되는 장면이 있었을 것이다. 결과적으로 우주 만물을 만들어내는 오행의 기가 하나의 리(理)로 수렴되고, 그것으로부터 만물 생성의 원인을 찾는다. 병렬하여 인간의 신체와 정신을 육성시킬 때에 오행이 오상으로 전이되어서 존재한다고 보고 있다. 이것은 조선의 성리학자들이 일반적으로 수용했던 자연의 이치로부터 인간의 도덕률을 도출시키는 점과 같다.

중용도를 보고 마음을 자세히 살피는 부분에서 화자는 성(性)을 '져 당신'이나 '너'로 지칭하며 의인화하고 있다. 이것은 천군소설에서 마음이 의인화되는 것과 유사하다. "이 ᄆᆞᆷ 져 구석의 성이라는 져 당신이"에서처럼 성(性)은 마음(心)과 함께 존재한다. 상제 즉 천(天)의 명(命)을 받은 성은 곧 심이며 이것은 허령으로 전체를 삼고 지각으로 대용을 삼는다.[51] 이것은 「중용장구서(中庸章句序)」에 나와

---

51) 『中庸』,「중용장구서」, 蓋嘗論之: 心之虛靈知覺, 一而已矣, 而以爲有人心·道心之異者, 則以其或生於形氣之私, 或原於性命之正, 而所以爲知覺者不同, 是以或危殆而不安, 或微妙而難見耳. 然人莫不有是形, 故雖上智不能無人心, 亦莫不有是性, 故雖下愚不能無道心. 二者雜於方寸之間, 而不知所以治之, 則危者愈危,

있는 심과 성의 본체와 그 작용에 대한 서술과 동일하다. 즉 사람의
마음은 허령하고 그것이 사물을 대하면 지각 작용을 일으킨다. 아
마도 중용도의 그림에는 심의 바탕을 이루는 성을 가운데에 놓고
인심과 도심의 모양을 그렸을 것이다. 이 중용도의 내용은 화자의
독창적인 해석이기보다는 전통적인 주자성리학의 관점을 유지하고
있다. 이것은 아마도 정조가 주자학을 정학으로 받아들였던 관점과
도 동일한 궤로 보인다.

화자의 성에 대한 이해는 리로 이어지고, 이 리는 "천샹의 주지"
로서 "인간의는 님금ᄀᆞᆺ히"로 결론을 맺게 된다. 절대 선으로서의
'리' 혹은 인간 내적 명제로서의 '성'은 선험적으로 하늘[天]에 근원
을 두고 있다는 점에서 인간의 작위를 초월한다. 그러나 이는 인간
을 밖으로부터 지배하는 초월자로서가 아니라 인간의 본래적 존재
방식을 지시하는 하늘의 뜻으로서 인간 내에 설정된 것이다. 따라
서 하늘의 뜻은 인간 내부에서 구체화되지 않고서는 그 존재 이유
를 담보할 수 없는 것이기도 하다.[52] 따라서 성은 마땅히 그래야 할
존재 방식이 되어서 "줌니를 도찰ᄒᆞ고 만ᄉᆞ를 다 응ᄒᆞ되"게 되고 끊
이지 않고 흐르는 시각 속에서 존재한다. 그러므로 "인싱도리 무흠
ᄒᆞ고 천하ᄉᆞᄀᆡ 다 슌ᄒᆞ니"라고 하여 사람이 살아가는 마땅한 방식
에 흠결이 없고, 천하질서에 순종하게 된다고 보았다.

微者愈微, 而天理之公卒無以勝夫人欲之私矣. 精則察夫二者之間而不雜也, 一則
守其本心之正而不離也. 從事於斯, 無少間斷, 必使道心常爲一身之主, 而人心每
聽命焉, 則危者安·微者著, 而動靜云爲自無過不及之差矣.
52) 미조구치 유조, 『중국의 공과 사』, 신서원, 2004, 159쪽.

즉, 해와 달이 동쪽에서 뜨고 서쪽에서 지는 자명한 이치처럼 사람이면 누구나 갖게 되는 오상이 바로 성이 된다고 본 것이다. 화자는 중용도를 바라보며 이러한 마음의 이치를 따지고, 그러한 이치가 삶 속에서 구현되어야 함을 강조했다. 이것은 확대하자면, 자신의 처지가 비록 곤궁할지라도 인간이 인간다움을 보존할 수 있는 이치를 한시도 잊어서는 안 된다고 본 것이다. 그러므로 이러한 인간다움을 보존하기 위해서는 성인이 마음을 다스리던 법을 배우고 인간의 마음속에 있는 삿된 욕망을 다스릴 줄 알아야 하는 것이다.[53]

---

53) 이어지는 〈본사 11〉에서는 성인의 심법과 인욕의 삿됨을 피할 수 있는 수양법을 강조한다. 〈본사 11〉 거룩ᄒ다 성인님은 아이브터 너를 밋어 猗歟聖人主 自初恃汝 / 즈연 절노 절노 즈연 즁도로 츠자드니 自然自然又自然 中道尋人/ 허령지각 처음 틀 제 공평ᄒ신 쳔심으로 虛靈知覺始稟時 以公平之天心/ 뉘라고 더 주시고 뉘라고 딜 주시랴 誰乎添給 誰乎減給/ 그러코도 져곳치 되니 싱지안힝 뉘 힘인고 然而知彼成 生知安行繫誰力/ 당초부터 너만 쓰라던녓던들 사람마다 져러홀 거슬 當初隨爾而行 人人皆如彼/ 내 집안의 두고셔도 그런 줄 견혀 몰나 吾家內置之 其然全不知/ 어린 듯 미친 듯 두로두로 헛거름만 ᄒ야고나 癡如也狂如也 遍處做虛步/ 계구슈성 져 공부는 도심으로 조차 나니 戒懼修省這工夫 道心中從出/ 나 못보나 눔 못보나 그런 곳이 더 두렵다 吾不見他不見 如其處尤畏/ 일념을 여긔 두어 분호도 방흘 말면 一念存於此 分毫勿放忽/ 치치면 대성이오 하블신 현인일다 上之則大聖 下不失賢人/ 혹지곤지 각 긔픔를 니로써 제어ᄒ면 學知困知各氣稟 理以制之/ 변화긔질 어려올가 흔 거름 두 거름 스이로다 變化氣質何難哉 一步二步間/ 큰 공부 져근 공부 별노 다른 일 업ᄂ니 大工夫小工夫 別無異事/ 다만 내의 천성대로 녜ᄉ로이 힝흘 연후 只以余天性 循例行之然後/ 브딕 눔이 알과쟈 아니ᄭ온 거동 마소 必欲人知 惡心擧動勿爲/ 업는 정성 잇는 쳬 모로는 일 아는 쳬 無精誠有樣 不知事知樣/ 아닌 것시 긘 쳬ᄒ고 트집 잡고 뷔쏘이면 非件爲其樣 矯闥家而歪絞之/ 비록 어두온 눈 어로와나 져 하늘을 엇지 홀고 昏眼雖眩之 奈彼天何/ 너모 이리 굴게 도면 삼거울 이 절노 나고 過爲如此 麻本自出/ 대로 오간다ᄂ 거시 ᄭᅵᆺ으ᄂ 딕 쓰로 잇서 大路去云者 所牽處別有/ 희노이락 뉘 업슬가 다만 그 즁 어려온 일 喜怒哀樂孰無乎 但於其中極難事/ 인심으로 조차 나셔 ᄉᄉ 긔운 쒸여드니

어화 이 노래 긋치고 셔론 〈연 쓰츌 밋싀

이 글과 이 그림 속의 어린 소견을 만히 베퍼

혜어본즉 거의 업는 곳이 업〈니

어림도 어리고 괘심홈도 괘심ᄒ다

반벙어리 ᄀ툰 말을 감히 이리 ᄒ엿고나

그러나 이 뉘 덕고 우리 셩고의 도오신 배로다

만일 그 ᄭᅮᆷ 안이런들 쥬역즁용 싱각이나 ᄒ며

만일 이곳 안이런들 이 공부롤 엇지ᄒ리

이려도 션왕 은혜 져려도 션왕 은혜

일헌 단지 길이 업셔 일노 더옥 이통ᄒ다

於話此歌且止 悲辭結其末

此書此圖內 愚見多所陳

計見之則 幾乎無處無之

愚矣愚矣 過甚過甚

如半啞之說 敢如是爲之

雖然是誰之德 我聖考之攸佑

萬一非其夢 周易中庸思之乎

萬一非此處 此工夫何爲也

此亦先王恩惠 彼亦先王恩惠

一獻丹墀無路 以此尤爲哀痛 〈본사 12〉

중용도를 바라보면서 부르던 노래를 마치면서 선군에 대한 애통

人心中從出 私氣躍入/ 그롤 만일 잘 술피면 셩현계뎨 목젼이오 厥若善察 聖賢階
梯目前/ 그롤 혹 몰나보면 그 사롬이 무엇 될고 厥或未審 其人爲何物

함이 더욱 간절하게 다가왔다. 왜냐하면 글과 그림을 통해서라도 나의 어리석은 소견을 드러낼 수 있었음은 선왕이 도우신 바이기 때문이었다. 왕이 꿈을 통해서 나의 어려움을 미리 예측하게 했기 때문에 유배지에 와서 주역과 중용을 다시 읽고 뜻을 헤아리고 공부할 수 있었다. 즉 유배지가 아니었다면, 화자가 이 도를 깨우칠 기회를 얻지 못했다는 인식이다. 정조가 만들어 준 기회를 강조하기 위해서 "만일 그 꿈 안이런들 쥬역즁용 싱각이나 ᄒ며", "만일 이곳 안이런들 이 공부를 엇지ᄒ리"라고 하여 반복하였다. 화자는 이러한 왕의 당부와 격려가 있어서 이 유배지에서 "반벙어리 굿흔 말"이라고 할 수 있었다. 결국 "이려도 션왕 은혜 져려도 션왕 은혜"인 것이다. 그러므로 이 은혜를 보답할 길이 없음을 애통해 한다. 결국 화자는 유배지에서 유자로서 자신의 정체성을 성찰하고, 삶의 의미 있는 공부를 하고, 나름의 이치를 깨닫게 되었다. 그러나 현실의 삶을 지탱할 수 있는 힘이 경학의 공부에만 있지는 않았을 것이다. 그러므로 화자가 이러한 독서와 탐구를 통해서 완전히 자신의 마음을 다스리기는 어려웠다.

> 즉금 모양 볼쟉시면 형용고고 여지업고
> 염황결도의 잔년은 늇슌이오
> 고국귀로ᄂ 약슈가 쳔니로다
> 쥬셩왕의 슈셩지업은 됴셕의 식목ᄒ건마ᄂ
> 졔갈냥의 보션뎨야 어ᄂ 째롤 ᄇ랄손가
> 츙효젼가 쳥견믈을 내 몸의 와 닐톤 말가

가국의 죄인되미 고금의 나쁜일다
젼년 그레 즉시 죽어 혼이야 잇고 업고
비롤 갈나 붉힌 후의 만강단혈 다시 믿쳐
옥난 아래 됴현ᄒ고 믈너나와 견마되여
새 님군의 길너나셔 셰셰보은 올습거늘
무슨 목숨 대단타고 그 결단을 못ᄒ고셔
지금 이리 완지ᄒ니 목셕도곤 더흔 거시 내로고나
이리 싱각 져리 싱각ᄒ니 이 내 몸 엇지 살가
필경 이럴진디 이 글 닑어 어디 쓰며
이 그림 잇다 흔들 내 몸의 므엇ᄒ리
싱각이 이에 밋츠니 만렴이 츤지로다
화증이 셜음으로 조차나매 벌덕 니러안자
이 그림 이 노래 가져다가 내 마음과 샹의ᄒ니
이 셰계롤 당ᄒ야 깅싱홀 길 만무ᄒ매
조각조각 쓰져 내야 화로 속의 술오고져
쟝쟝이 헤쳐다가 벽히슈의 씌오고져
이리ᄒ나 져리ᄒ나 뉘 이셔 말닐손가

即今貌樣見之 形容枯槁無餘地
炎荒絶島殘年六旬
故國歸路弱水千里
周成王守成之業 朝夕拭目
諸葛亮之報先帝 何時望之
忠孝傳家靑氈物 逮吾身失之云
家國爲罪人 古今吾已耳
昨年再昨年卽時死 魂則有也無也

　　　剚腹明之後　萬腔丹血更結

　　　玉欄下朝見　退而爲犬馬

　　　新主前育出　世世報恩可矣

　　　此命何大段　其決斷未爲

　　　至今如是頑支　其於木石卽吾

　　　此而思彼而思　此吾身何以生

　　　畢竟至此　讀此書焉用

　　　此圖雖有　於吾身何爲

　　　思之及此　萬念冷灰

　　　火症從哀出　蹶然起而坐

　　　此圖此歌持來　與吾心相議

　　　當此世界　萬無更生路

　　　片片裂出　火爐中欲燒之

　　　張張披去　碧海水欲泛之

　　　此之爲彼之爲　有誰挽之　〈본사 13〉

　　그런데 중용을 읽고 중용도를 그리고 중용도가를 불렀지만, 여전
히 화자가 처한 상황은 바뀌지도 나아지지도 않았다. 화자의 형용
은 고고하고 해배가 되어 돌아갈 길은 요원하다. 자신의 무고를 해
명하지 못한 원통함에 노래와 그림을 없애고 싶다고 하였다. 선왕
의 은혜를 입고 대대로 충군을 행한 집안의 후손으로 가국(家國)의
죄인이 되었음을 격렬하게 한탄하고 있다. 화자는 "비를 갈나 붉힌
후의 만강단혈 다시밋쳐", "무슨 목숨 대단타고 그 결단을 못ᄒ고
셔" 등에서 연달아 스스로 목숨을 내놓고 자신의 뜻을 관철하지 못
함을 자탄하며 강조했다.

이러한 과정에서 화자의 격렬한 정서적 상태가 드러나고 있다. 화자가 유배당하기 이전에 스스로 무고함을 밝히고 선왕을 이은 후 대 왕을 제대로 보좌하지 못했기 때문이다. 결국 나라에는 역신이 되었고 가문에는 못난 후예가 되었다. 이러한 끓어오르는 심화와 서러움이 전혀 해소되지 못한 채 경전을 읽고 그림을 그리고 이치 를 밝히는 것이 아무 소용이 없었음을 서술한다. 그리하여 "화중이 셜음으로" 변하고 "벌덕 니러안자"서 그림을 조각조각 찢고 화로에 사러 버리고 책은 장장이 뜯어내서 푸른 바다에 띄워 버리고 싶은 지경이 되었다. 이것은 결국 화자가 마음의 중용을 잃은 것이다. 그 리하여 도리어 경서를 읽고 심법을 새긴 독서 행위가 무의미함을 드러낸다. 그러나 이러한 위태롭고 불안정한 마음 상태에 빠졌을 때에도 역시 화자의 중심을 잡아 준 것은 선왕이었다. 그러므로 결 사에서는 선왕에 대한 연모의 정서를 드러내면서 결코 이 작업을 중단할 수 없음을 드러내고 있다.

4) 결사

어화 그러치 아니ᄒ다	於話不然矣
이 노래 속의 언필칭 선왕ᄒ와	此歌中言必稱先王
천신이 향안 압희 이셔	賤臣若在香案前
듀야로 셩궁을 호위홈 ᄀᆞᆺ트니	晝夜護聖躬
애지즁지 즁지애지ᄒ야	愛之重之重之愛之
ᄎᆞᆷ아 감히 손으로 못업시ᄒ노라	忍而不敢手毀之 〈결사〉

　화자는 애써 만들어낸 노래와 그림을 선왕을 생각하여 간직하는 것으로 결론을 맺었다. 이 노래 속에는 선왕(先王)과 천신(賤臣)이 함께 있으며 밤낮으로 호위하는 것과 같다고 하였다. 노래 속에 함께한다는 것은 노래로 부른 중용의 도를 함께한다고 볼 수 있다. 그러므로 "애지즁지 즁지애지"하여 차마 없애지 못한다고 결론을 맺었다.

　〈금강중용도가〉는 작품 내에서 두 개의 시상이 중심축을 이루는데 그것은 선왕인 정조에 대한 연군과 유배지에서의 독서하고 수기하는 삶이다. 이 수기하는 삶에서 화자가 선택한 것이 바로 중용과 주역 같은 경서 읽기이다. 그리고 작품 내에서 독서는 선왕이 그 동기를 제공했음을 반복해서 서술한다. 결국 이 작품은 선군, 즉 정조를 생각하는 마음과 의도에서 출발한다고 할 것이다. 이 경우에 정조에 대한 연군은 연모의 상대에 대한 사적 감정보다는 정조로 인해 대변되는 가치 지향에 대한 추종에 있다. 그렇기 때문에 정조로 대표되는 도통에 대한 언급이 계속 이어진다. 연군의 감정과 수기하는 삶에서 서로 관통하는 것은 도통의 계승이다. 순조가 왕위에 오른 후 모든 신료들이 정치적 주장이나 입장을 전개할 때 그 기반이 되는 논리적 토대 역시 정조의 판단 내용과 정치적 입장에 있었다. 왜냐하면 정조의 논리는 이 시기에 이미 당색을 넘어서 환로에 오른 모든 정치 세력들 사이에서 공적인 가치 기준으로 세워져 있었기 때문이다. 그러므로 이러한 선왕에 대한 화자의 태도는 당위적인 면이 있었지만, 그것과 더불어서 어떤 경외의 감정이 전제되어 있었을 것이다.

2. 도통의 계승과 연군의 맥락

〈금강중용도가〉는 전체적으로 자기 성찰적인 색채를 띤다. 작자는 자신의 주장을 전달하는 데 주력하고 있지만, 유배의 현실과 체험 내용을 사실적으로 표현하지는 않는다. 그보다는 도학의 전통과 관련된 맥락 속에서 선왕과의 인연을 기억하고 그것을 서술한다. 그리고 선왕인 정조를 왕으로서의 학행이나 역할과 관련해서 서술한다. 그 과정에서 왕의 자질과 시련, 업적 그리고 죽음에 이르기까지를 단계적으로 나열한다. 이때 필자의 주장과 기억이 재편되고 평가가 덧붙여져서 선왕에 대한 연모의 감정은 강해진다.

〈금강중용도가〉에서 서술된 연군의 대상은 현재 왕위에 오른 어린 왕이었던 순조가 아니었다. 그 전 시대 김이익과 정치적으로 대립하거나 연합했던 군주인 정조였다. 작자의 유배 역시 정조의 죽음에 기인한 것이었기 때문에 그리움과 존경의 대상 역시 정조였다. 김이익은 작품 내에서 정조와의 인연을 거론하며 자신에게 정조는 어버이와 같고 오랜 세월 동안 왕의 지우를 받았다고 언명하고 있다. 그러나 실제 현실에서 정조는 김이익의 정치적 행태에 대해서 매우 비판적이었다. 정조의 김이익에 대한 태도와 평가는 후하지 않았다. 정조 24년에 왕은 신하가 스스로 의리를 만들어서 작당하는 움직임을 강경하게 비판했다. 그 비판에 해당하는 인물이 바로 김이익이었다. 김이익은 외척과 권신을 통해서 세력의 추이를 엿보면서 시파와 벽파를 넘나들어서 정조에게 악평을 들었다. 심지어 정조는 김조순에게 내린 하교에서 족친인 김이익을 경계하라고

까지 하였다.[54] 순조 즉위년에 벽파가 문제 삼았던 지점도 바로 이러한 데 있었다.[55] 이러한 정조대 김이익의 행적을 보건대, 정조에 대한 김이익의 애통한 감정과 칭송은 단순한 정서적 반응으로 보기 어렵다.

〈금강중용도가〉에서 작자는 왕의 존엄한 외형과 내면을 그려내어 그를 도통의 정통 후계자로 위치 짓고 그와의 관계 또한 엄격한 군신 윤리에 기반으로 인식하고 있었다. 유형을 당하는 처시에 있는 수형자로서 화자가 왕으로서 기대하는 모습이 바로 정조였다. 그러므로 김이익이 작품 속에서 그려내는 정조는 유사 이래로 이어져 온 열성을 계승하고 이 땅에 나타난 요순우탕이었다. 그리하여 정조를 배움이 높아서 하늘의 이치를 깨달아 군사를 자임하고 솔성수도에 힘써 종통과 대의를 붙잡았다[56]고 우러러 상찬한 것이다. 완벽한 왕이자 스승으로 성현의 반열에 올려놓고 공자 이후에 다시 보게 된 성인으로서 왕을 그려냈다.

---

54) 최성환, 『정조대 탕평정국의 군신의리 연구』, 서울대 박사학위논문, 2009, 305~306쪽.

55) 『순조실록』 순조 즉위년 경신, 12월 25일 계유. 순조 즉위년 경신, 12월 26일 갑술.

56) 〈본사 4〉 어화 드르시옵 우리 션왕 졍종대왕 於話聽之 我先王正宗大王/ 동방의 셩쥬 나샤 총명예지 거륵호샤 東方聖主作 聰明叡知出常/ 녈셩을 계승호샤 요순우탕 쏘 나셧닉 列聖繼繩 堯舜禹湯復出/ 간난험조 다 겻그샤 쳔녹을 바드시딕 艱難險阻盡閱 天祿受之/ 남면무락 그런 셩효 쳔고빅왕 뉘 밋츨가 南面無樂如許聖孝 千古百王誰之/ 혹관쳔인 본분스로 칙겸군스 즈임호샤 學貫天人本分事 責兼君師自任/ 졍일심법 다시 닷가 솔셩슈도 힘쓰시고 精一心法更修 率性修道是力/ 종통대의 병집호샤 만고강샹 붓드시니 宗統大義秉執 萬古綱常扶之/ 그 뉘라셔 엿즈와시며 그 뉘라셔 돕즈와실가 其誰告之 其誰贊之

그러므로 이러한 임금이자 스승이었던 왕에 대한 경모는 그와의 끊어진 인연 때문에 더욱 선명하였고 작품 속에서 그 점을 분명하게 서술하였다. 『금강계몽』의 「기몽」에는 김이익이 정조에게 느꼈던 애통한 감정이 절절하게 드러나고 있다. 그는 꿈속에서 정조의 어가가 대궐로 돌아가는 모습을 하염없이 바라보았고, 정조 역시 어가 위에서 몇 번이고 돌아보았다고 한다. 서로 경애하는 사이에서 볼 수 있는 헤어짐의 순간을 포착한 것이다. 그러니 깨어나서 그 애통한 마음을 금할 수 없어 찢어지는 마음으로 서럽게 울며 꿈 내용을 상세히 기록해두어 잊지 않고자 했다고 기술했다.[57] 심지어 유배지에 내쳐져 고립된 상태에서도 정통성의 근거인 선왕의 가르침을 따르고자 경서를 탐구했다. 이것은 『금강계몽』 서문의 말미에서 그가 '천지가 무너지지 않는 한 역(易)의 도는 장구하며, 군자의 올바름 역시 이와 더불어 영원하다[58]'라고 한 말과 상통한다.

실제 역사 속에서 정조는 요순에서 주자까지 이어진 유학의 도통을 자신이 계승했다고 선언한 국왕이었다. 본인이 군사의 위치에 있다고 인식하여 군도(君道)와 사도(師道)를 병행하여 실현하려고 하였다.[59] 정치적 주도권만이 아니라 학문적 주도권을 장악한 이러한

---

57) 『金剛啓蒙』 권5(貞), 「金剛名篇解」, 〈記夢〉 賤臣依前祗, 送於轉曲處, 駕過後, 起立, 停望移時, 而先王亦於輿上, 屢次回顧, 君臣有悵戀難捨之意, 及其還內之後, 臣亦回家, 仍以夢覺時, 曉月蒼凉, 鷄唱已亂, 玉音如在於耳, 天香尙留於手, 一聲長慟, 腸裂心摧, 呼燭詳記以期不忘.

58) 『金剛啓蒙』 권1(元), 「序文」 蓋於被譴前數日, 夢拜先王, 昵承溫音, 旋荷藥裹之錫而於其皮面, 大書金中剛三字, 跽擎袖之, 覺猶天香在手. …… 噫, 乾坤不毀, 則易道長立, 而君子之貞與之終始.

군왕은 성왕이어야 했다.[60] 이러한 왕의 자세는 『정조실록』에 정확하게 드러나 있다.

　스승이 있는 곳에 도가 있는 법이다. 지금 나는 군사의 지위에 있으므로 師道의 책임은 사실 나에게 있다. 유학(성리학)을 밝히고 세상에 가르침을 부식시키며, 깨우치게 하고 이끌기를 부지런히 하지 않은 적이 없는데, 습속은 점점 어그러지고 선비들의 기풍은 옛날만 못하며, 크게 변화되어 가르침을 따르는 효과가 보이지 않는다. 어찌 개탄스럽지 않겠는가? 내가 원하는 것은 공자를 배우는 것이다. (중략) 지금 유학을 大一統하는 도가 나 한 사람에게 있다.[61]

　조선의 유학자들은 삼대는 성인이 정치를 담당하여 군주가 곧 스

59) 군사의 의미는 다음과 같이 규정된다. "군사란 『상서(尙書)』에서 유래한 용어로 "천명을 받은 군주가 하늘을 대신하여 백성을 다스리고 가르치는 것"을 의미했다. 주자는 대학장구서(大學章句序)에서 "총명하고 예지하여 하늘에서 받은 인의예지의 본성을 능히 다한 자가 나오면 하늘이 반드시 그에게 명하시오 억조 만백성의 군주와 스승으로 삼아 그로 하여금 백성을 다르시고 가르쳐서 본성을 회복하게 한다." 하였다. 하늘에서 타고난 자신의 본성을 온전히 보전하여 실천하고, 이를 미루어 타인의 본성까지도 온전히 회복시키는 교육을 실시하고 이를 현실 정치에 구현하는 인물이 군사였다. 군도(君道)와 사도(師道)가 일치되었던 삼대의 이상적인 군주가 군사인 것이다. 국왕이 군사를 자임한다는 것은 군도와 사도의 분립을 세도의 타락으로 보고, 기존에 산림이 주재하던 사도를 군도에 포섭시키겠다는 것, 다시 말해 군도 밖에 독자적으로 존재하는 사도를 인정하지 않겠다는 의지의 표현이었다." : 김인걸 외, 『정조와 정조시대』, 서울대학교 출판문화원, 2011, 146쪽 인용, 윤정, 「18세기 국왕의 '文治' 사상 연구: 조종 사적의 재인식과 '繼志述事'의 실현」, 서울대학교 박사논문 참조.
60) 김문식, 『정조의 제왕학』, 태학사, 2007, 27~28쪽.
61) 『정조실록』 권45, 정조 20년 병진, 8월 8일 庚辰.

승인 군사의 시대이고, 공자 이후로는 군주가 세습되면서 더 이상 성인이 군주가 되지 못하고 재야의 학자들에 의해 유학의 도통이 이어지는 소강(小康)의 시대이며, 주자 이후로는 유학의 명맥까지 끊어진 난세의 시대로 이해했다. 이에 대해 정조는 삼대의 성왕들처럼 군주가 곧 스승이라는 군사의 개념을 강조하고 공자 이후 끊어진 삼대의 이상정치를 실현하려는 의욕을 보였다.[62] 이러한 정조의 인식은 왕의 정치에 동조하는 세력에게 주자학자로서 가지는 윤리적·정치적 정당성을 보장해 줄 수 있었을 것이다.

이 시기 사대부와 국왕에게 있어서 도통은 무엇을 뜻하는가? 그것은 삼대의 선왕들이 실현했던 도의 정치가 이어질 수 있음을 의미했다. 이렇게 보았을 때, 가장 완성된 형태의 정치가 현실화되는 것이다. 그리고 이러한 정치의 현실화 과정에서 이데올로기적으로 군주 자신이 군사가 되었을 때, 학문과 수기의 완성형 인간이 되는 것이고 이러한 군왕은 도통을 잇는 자이자 풍속을 교화할 수 있는 자가 된다. 그러므로 이러한 군왕의 요구와 지도를 따르는 것이 사대부 개인의 충이 될 수 있다는 논리적 연쇄가 만들어진다.

왕이 스스로 유학을 대일통하는 도가 자신에게 있다고 보았다. 이러한 논리의 연장선에서 왕의 의리는 일종의 국시이자 공론이었다. 따라서 정조가 통치의 과정 속에서 명의록의 반포와 오회연교 등을 통해서 확정하고 신하들의 수용을 받아내어 선포한 의리에 어긋난다는 것은 있을 수 없는 일이었다. 그러므로 시파이자 친왕세

---

62) 김문식, 같은 책, 188~189쪽.

력이었던 김이익이 선왕의 죄인으로 몰렸음은 김이익 자신이 용납할 수 없는 일이기도 하였다. 왜냐하면 선왕의 공의를 지키지 않은 자, 혹은 왕의 가르침이라는 공공 의리를 따르지 않은 자가 되었기 때문이었다. 그러므로 작자가 작품을 통해서 드러내려는 세계관은 선왕의 유지를 따른다는 전제를 통해서 구축된다. 연군의 내용 역시 선왕의 유지를 지키고 유훈을 따르는 것이었다. 그러므로 일종의 유훈정치를 작품 내에서 추구하고자 했다. 그러므로 연군의 내용이 단순하게 임금에 대한 연모나 그리움을 바탕으로 하는 정서적인 세계를 그리기보다는 임금과 동의했던 의리와 이념의 세계를 드러낸다. 이것은 선왕의 유지를 지키고 그를 기만하지 않는다는 의미가 있었다.

결국 작자가 정조의 의리와 도통과 종통의 정당성을 작품 내에서 반복적으로 열거한 이유는 텍스트 외부의 현실로 그 시선이 놓여 있었기 때문이었다고 볼 수 있다. 〈금강중용도가〉의 본사에서는 정조가 도통을 잇는 과정과 정조의 죽음, 그로 인한 유배와 경전공부와 심학에 의거한 수기(修己)가 순차적으로 서술되고 있다. 이것은 결과적으로 정조로부터 이룩되고 신하로서 김이익 자신도 동의했던 정통성의 확립과 그것의 종말, 그리고 다시 복권을 고대하는 순서로 볼 수 있다. 그러므로 유배지에서의 독서, 저술, 가사 창작은 스스로 결단하고 지속했던 세상으로 다시 나가기 위한 준비 기간이었다. 그리고 그것이 선왕의 유지였으므로 아무리 괴롭더라도 함부로 중단할 수 없었다. 그러므로 김이익이 주역과 중용을 읽고 수기하는 행위는 포괄적으로 보았을 때 선왕의 이념을 보존하는 것으로 해석될 수 있다. 임금에 대한 거듭되는 그리움 토로와 덕에 대한 칭송은 결국 작자 역시 선대의 임금이 만들어갔던 공적 질서와 의리를 수용했다는 점을 강조한 것이다.

작자는 유배지에 가서 가사를 짓고 도통이 이어짐을 서술했다. 이것은 현재 작자를 배제하는 외부 세상에서는 지향해야 할 길과 방향이 되는 도가 흐릿해졌음을 상정한다. 더불어 경세의 정치적 이념도 없어졌음을 의미한다. 순조실록의 졸기에 보면 김이익은 본래 세상을 경영하려고 하는 의지가 있었다.[63] 비록 당시에 그것이 성공하지는 못했지만, 그러한 아쉬움과 애통함이 시가 창작의 동인이 되었다. 달리 말하자면, 〈금강중용도가〉의 창작은 유배지에서의 수기이자 동시에 외부사회를 향한 이념적 발화였다. 외부 세계를 향한 행위나 실천보다는 일종의 강령을 재강조하고 정통성으로 귀환하려는 의지를 피력한 것이다. 이것은 다음의 정치적 복권을 위한 준비라고 볼 수 있다. 이미 시파의 논리는 선왕으로부터 왔고 그것에 대한 평가가 이루어진 상황 속에서, 자신의 정치적 패배는 일시적이고 결국에는 복권될 것이라는 외부 상황에 대한 이해가 전제하고 있었을 것이다. 그러므로 이때 유배지에서 작자가 할 수 있

---

63) 『순조실록』 순조 30년 경인, 9월 27일 임오. 봉조하(奉朝賀) 김이익(金履翼)이 졸(卒)하였다. 김이익은 고(故) 상신(相臣) 김수항(金壽恒)의 후손이다. 젊어서는 기절(氣節)을 숭상하여 즐거운 일을 급히 한다는 것으로 일컬어졌으며, 특히 경신년에 맨 먼저 섬으로 귀양 가게 되었고 그 때문에 병인년에 특별히 석방되었다. 뜻으로는 세상의 도의를 주장하고 싶었지만 시의(時議)가 그를 대단하게 추중(推重)을 하지 않았으므로 더욱 분격하고 불평하면서 언의(言議)가 상도(常度)에서 어긋남이 많았다가 마침내 쉬기를 빌고서 떠나는데 이르렀지만, 세상에서는 편안하게 물러났다는 것으로 칭찬하지 않았었다.

는 것은 독서이자 이념의 정리였고 그것을 통해서 향후 전개될 시대적, 정치적 상황을 예비하고 있는 것이었다. 이러한 김이익의 의도는 다음과 같은 시조 작품에서도 드러나고 있다.

讁中(젹중)의 어든 것시 周易中庸(쥬역중용) 두 글일다
淇澳(긔욱)의 綠竹(녹쥭)으로 書箱(셔샹) ᄒ니 겨어내니
萬一(만일)에 生還故國(싱환고국)ᄒ면 藉手事君(쟈슈ᄉ군)을 일
노 홀가 ᄒ노라

(『금강영언록』45번)

화자는 귀양살이 중에 주역과 중용의 두 책을 얻었다. 그리고 그 독서를 통해서 글을 써서 기오의 푸른 대나무로 책을 넣는 고리짝을 하나 엮어 내었다. 만일에 무사히 생환한다면 임금 섬기기를 이것으로 하겠다고 하였다. "淇澳의 綠竹"은 〈시경〉 위풍의 기욱장에 해당하는 것으로 기수 언덕에 자라나는 푸른 대나무는 학문을 닦는 선비 군자의 모습을 그려 낼 때 쓰는 시어이다. 화자는 시경의 시구를 사용하여 학문에 정진하는 자신의 모습을 드러내었다. 학문을 함에 스스로 닦아서 점진적으로 더해져 책 고리를 하나 채울 수 있게 될 것이라고 자임했다. 실제 김이익은 유배 생활 중에 경서에 대한 새로운 독서와 자신의 견해를 담은 저술 활동을 병행하였다. 그리고 이러한 독서와 저술의 결과물로 임금을 섬길 것이라고 하였다. 결과적으로 유배지에서의 주역과 중용의 공부는 다시 조정으로 나갈 준비가 된다.

김이익은 자신의 처지가 행위의 부당성 때문이라고 보고 있지 않

았다. 그가 겪는 유배는 세월 속에서 고락과 운명을 같이 했던 군왕의 실존적·이념적·정치적 부재에 의한 것이었다. 조선시대 연군가사의 장기 지속적인 전통은 왕과 유배자 사이의 관계를 어떠한 방식으로든지 작품 속에서 드러내고 있는 것이다. 그리고 이 둘 사이는 유교적 윤리관과 정치적 이념의 공통성에 기반하고 있었다. 그런데 연군의 대상이 부재하거나 혹은 둘 사이에서 사적인 관계가 긴밀하게 조성되어 있지 않을 때는 대개 정치적 이념의 공통성에 기대었다. 김이익의 독서 역시 그러한 이념성을 확인하는 과정이었다고 볼 수 있다.

그러므로 중용 독해의 내용을 서술하기 전에 선왕이 도통을 계승했다는 점을 분명히 하고 자신 역시 그것을 '따르는 자'로 설정하고 있는 것이다. 그러므로 자신이 옳다고 여기는 것이 실제 '공의(公議)'임에도 불구하고 '기군(欺君)'의 죄를 덮어쓰고 있으므로 서럽고 억울한 심사를 감출 수가 없었다. 그러나 작품을 통해서 작자는 선왕이 지키고자 했던 이념으로 세상을 바꾸고 그것으로부터 힘을 얻는 것은 아니었다. 그보다는 오히려 과거의 세상으로 회귀하는 성향을 지닌다. 그것은 노래가 이미 흘러가 버린 시대에 머물러 있음이므로 의미나 가치에서 어떤 새로움을 획득할 수는 없었다.

정조의 정치와 군신 관계에 대한 관념은 두 가지 층위로 나뉜다. 하나는 군사로서 왕이 권력과 권위의 중심에 서서 만민을 통치하며 조화로운 세상은 만들어가는 것이다. 그러므로 이때 신은 왕의 권위에 동의하게 된다. 또 하나는 사대부를 우대하고 외척을 배척하는 국정 운영 방향을 제시하고 그것을 통해서 군신 관계를 정립하려고 하였다. 그러므로 이러한 인식에 기반하면서 정조의 정치력이 보장된다면 현실에서 신과 군의 경우에는 조화롭고도 규범적인 관계가 설정될 수 있었다. 그러나 이러한 왕이 현실에서 부재하게 될 때, 왕이 선양하고 보존하였던 어떤 규범적인 관념에 기대하면서 자신의 자리를 찾게 될 것이다. 이러한 과정이 김이익의 가사에 반영되며, 결과적으로 작자는 〈금강중용도가〉에서 선왕(先王)에 대한 사적인 연군의 감정을 드러낼 때에도, 더욱 정조로 상징되는 대도와 관념에 기대게 된 것으로 보인다.

IV.
『금강영언록』 소재
유배 시조의 작품 세계

이 장에서는 1802년 8월 10일부터 9월 8일 사이에 창작된 시조 속에 드러난 작품 세계를 분석해 보았다. 김이익의 유배시조를 읽을 때 작품 속에서 노년의 사대부 유배객이라는 정체성이 어떻게 세계와 조응하고 있는지에 초점을 맞추었다. 시조를 창작했던 해에 작자는 60세였고 스스로를 늙고 병든 노인으로 인식했다. 그리고 화자의 이러한 자기 정체성은 시적 대상을 작품 속에 형상화할 때도 관여하고 있었다. 작가가 작품화한 주요 제재는 탄로(歎老), 연군(戀君), 계세(戒世)로 집중되어 있다.

제재	작품 번호 (『금강영언록』 표기 순)
탄로	3, 12, 14, 17, 20, 22, 33, 53, 54, 56 (10수)
계세	7, 8, 10, 13, 23, 24, 26, 27, 28, 29, 30, 34, 35, 36, 38, 40, 41, 46, 47 (19수)
연군	4, 9, 11, 15, 18, 19, 25, 31, 32, 44, 48 (11수)
술회	21, 37, 39, 43, 55 (5수)
독서	5, 6, 45 (3수)
강호자연	16, 42, 53 (3수)

　작자가 선택한 제재를 중심으로 해서 『금강영언록(金剛永言錄)』 소재 작품들을 정리해 보면 위와 같다. 작품을 특정 제재로 귀속시키기 어려운 경우(39번, 53번 같은 경우)도 있지만, 전체 작품의 내용적 틀을 파악하기 위한 분류이다.

　화자가 시적 대상에게 드러내는 정서적 반응 양상을 보면 자기 지향적인 면과 타자 지향적인 면으로 구분하였다. 전자는 늙음과 상관적인 자탄의 목소리로 후자는 임금과 세상에 대한 연모와 죄설, 경계의 목소리로 드러났다. 작품 속에서 화자가 시적 대상을 어떻게 인식하고 반응하느냐를 기준으로 삼아서 유배 체험의 형상을 고찰해 본다.

1. 실존적 늙음과 자탄

　화자는 유배지에서 노인에게 나타나는 변화로서 신체적 노화를 겪고 지리적 고립으로부터 오는 고독을 대면하였다. 게다가 정치적으로는 가문과 정파가 패퇴하고 일생 동안 옹위했던 선왕은 죽음을 맞았다. 노쇠하여 젊음과 활기를 잃은 육신에 정치적 권력의 상실이 덧붙여졌다. 더욱이 김이익은 유배시조를 창작했을 당시 60세였는데, 그의 고조부였던 김수항 역시 기사환국(1685) 시에 진도로 유배되어서 김이익과 같은 나이에 사사되었다. 이러저러한 과거의 경험과 기억이 엉키면서 김이익 개인으로서는 남다른 감회가 들 수 있었을 것이다. 이러한 작자 개인의 실존적 상황과 결부되어서 유

배지에서 겪는 고통들은 슬픔이라는 정서를 만들어냈다. 이때 작품
에서 드러나는 화자의 슬픔은 타자 지향이 아니라 자기 지향적인
성격을 띤다. 그리고 이러한 자기 슬픔을 서러움이라고 한다.[64]

다음의 22번과 33번 작품은 유배지에서 마주하게 된 늙음을 탄식
하는 내용을 담고 있다.[65]

> 뉘라셔 날을 보고 늘근이라 ㅎ던고
> 아희 적 ㅎ던 일 어제런 듯ㅎ더고나
> 忽然(홀연)히 거울곳 보면 나도 어희업셔 ㅎ노매라   (22번)

> 죽기 셟지 아냐 늙기 셟다 ㅎᄂ니
> 人情物態(인정물틱)의 어이 그리 ᄶᆞ라진고 이 말이
> 아희아 너도 ㅎᆞ번은 늙을지니 너모 됴화 마라스라   (33번)

22번 작품의 초장에서 "뉘라셔 나를 보고 늙은이란 하던고"는 늙
음을 받아들이지 않는 화자가 흔히 쓰는 상투적인 어구이다. 이러
한 되묻는 어구는 무명씨 소작의 다른 백발 한탄 시조에서도 자주
나타난다. 초장과 중장에서는 늙음과 늙은이에 대한 타인과 화자의
상반된 입장이 병치되면서 나온다. 제 3자 누군가는 나를 늙은이라
하겠지만 화자 자신은 어릴 때 일을 어제와 같이 느끼고 있다. 누군

---

64) 정대현, 「슬픔: 또 하나의 실존 범주」, 60쪽, 『철학』 100, 한국철학회, 2009. 8.
65) 이 책에서는 작품을 거론할 때 『금강영언록』에 기록된 작품 번호를 그대로 따라서
   쓴다.

가는 시간의 흐름을 객관적으로 인식하지만 화자는 주관적으로 인식한 것이다. 그런데 화자의 이러한 자기 인식은 종장에서 극적으로 바뀐다. 그것은 아무리 스스로 부인해도 거울을 보면 늙은 자신이 있기 때문이다. 한 개인의 슬픔은 그 슬픔이 향하는 대상에 대한 개인 인식의 관계가 구성되지 않는다면 불가능하다.[66] 그리고 거울에 비친 자신의 모습을 보고 그 실체를 인식하였기에 늙음을 분명히 깨닫는다. 그런데 그것이 너무 갑작스러운 각성이기 때문에 오히려 더 어이가 없어서 탄식하게 되었다.

33번 작품에서는 늙음의 서러움이 좀 더 직설적으로 드러난다. 늙음에 대한 서러운 자탄과 함께 인정의 야박함을 함께 언급하고 있다. 죽음과 늙음은 모두 사람이라면 당연히 겪게 되는 일이다. 그런데 유독 늙음을 서럽다고 하였으니 그 이유가 중장에서 드러나고 있다. 화자가 보기에는 노인이 마주하게 되는 인정과 물태가 어이 그리 야박하기 때문이다. 늙음을 서럽게 만드는 것은 늙은이 본인만이 아니라 그를 대하는 다른 사람의 시선과 세태에도 있다고 보았다.[67] 결과적으로 화자는 종장에서 젊은이에게 젊음은 영원하지

---

66) 정대현, 같은 논문, 65쪽.

67) 화자는 늙음을 대하는 타인의 시선을 비판적으로 보고 있다. 다음의 23번 작품은 탄로를 제재로 하기보다는 노인에 대한 시선을 문제 삼고 있다. "져 少年(쇼년) 웃지 말소 나도 前(젼)의 절머실 졔/ 늘근 사람 보면 엇지 그런고 ᄒ엿더니/ 卽今(즉금)의 그 일 싱각ᄒ則(즉) 뉘웃브기 ᄀᆞ이 업닉 〈23번〉" 화자는 자신의 늙음을 탄식하지 않고, 과거의 화자가 늙음을 어떻게 보았는가를 되짚고 있다. 소년에게 늙은이의 행동을 보고 웃지 말라고 당부하고 있다. 화자도 젊었을 때는 늙은 사람의 행동을 "엇지 그런고 ᄒ엿더니"하면서 이해할 수 없었다. 젊은이 소년에게 노인의 행동은 이유를 알 수 없는 것이 있었다. 그런데 화자가 이제 노인이 된 이후에야

않을 것이니 젊다고 좋아만 할 것은 아니라고 지적한다.

화자의 슬픔이 내향적이고 자기 성찰적인 요소를 띤 것은 늙음과 더불어서 스스로 저지른 '자신의 죄'에서 비롯되고 있었다. 정치적 좌절이라는 부정적인 요소가 부가되었다.

> 老病(노병)ᄒᆞᆫ 이 내 몸이 罪名(죄명)조차 至重(지중)ᄒᆞ니
> 棘中日月(극중일월)의 一萬念慮(일만념녀) 츤짖다
> 그러코 蒼梧山(챵오산) 먼 구름의 피눈물은 므스 일고   (3번)

김이익은 작품 속에서 자신이 저지른 죄를 지극히 중하다고 표현하고 있다. 3번 작품에서 화자는 스스로 늙고 병들었는데 유배의 죄명은 지중하다고 했다. 실제로 김이익은 선군을 기망했다는 죄목으로 유배를 당했다. 그러니 가시 울타리에 갇혀 있는 시련의 세월 동안 온갖 사념이 많을 수밖에 없다. 시상이 집약되는 종장에서 우순이 돌아가셨다는 창오산을 바라보는 것은 아마도 성군이었던 돌아가신 정조를 염두에 둔 듯하다. 정조를 그리워하면서 피눈물을 흘린다는 말이다. 시상을 전개하는 과정에서 어려운 상황을 중첩하여 설정해서 정서적인 강도를 높여 갔다. 늙고 병듦, 중대한 죄, 가시 울타리 유배지에서 보내는 세월과 그 속에서의 수많은 상념이라는 순서를 따라서 화자 내면으로 들어간다. 외부의 사회적 조건으

그 때 일을 생각하니 그 이유를 알겠고 따라서 뉘우칠 것이 많다고 하였다. 소년도 언젠가는 노년이 된다. 그리고 그러한 경험을 먼저 하게 된 화자는 경험칙으로서 이야기한 것이다. 노년이 가지는 특성과 변화를 수용해야 한다는 태도이다.

로부터 화자 내면의 고통으로 시상이 옮겨가면서 정서적인 격동을
그려냈다. 그러므로 우순에 비견되는 선군(先君)을 그리워하는 신하
의 피눈물이라는 종장의 결론이 자연스럽게 나타날 수 있었다.

자신의 행위에 기인한 어려운 처지 속에서 화자는 자탄하지만 그
것을 넘어서서 스스로 현실을 수용하는 자세를 보여주기도 한다.

> 내 몸이 늙어지니 ㅁ옴 졀노 仁弱(인약)ㅎ야
> 지난 일 싱각ㅎ고 일일마다 悔歎(회탄)홀다
> 그러나 귀예 말 므릅거름은 죵시 어려올가 ㅎ노라   (12번)

> 世上(셰샹)의 괴로은 일 밤잠 업셔 큰 病(병)일다
> 늘근[이]의 例常(녜샹) 일을 내라고 면홀소냐
> 卽今(즉금)의 님 싱각 自別(ㅈ별)ㅎ니 잠든 후나 닛ㅈ올가 ㅎ노라
>   (17번)

> 燈心(등심)의 곳치 픠고 눈셥머리 ㄱ려오니
> 현마 헛말ㅎ여 날 속이랴 녯사롬이
> 그러나 내 罪(죄) 너모 重(즁)ㅎ기로 半信半疑(반신반의) ㅎ노라
>   (20번)

12번 작품에서 마음과 몸이 약해진 노년의 회고적인 자세가 드러
나 있다. 몸이 늙어 가니 마음이 약해지고 지난 날 생각하니 일마다
한탄스럽다. 이러한 과거에 대한 회상은 사람이 늙어 가면서 겪게
되는 당연한 일이다. 원래 노인은 미래가 아니라 과거에 집중하기
때문에 지나온 일들이 모두 후회스럽다. 그런데 종장에 와서 시상

의 전환이 이루어지고 있다. 화자는 시상이 종결되는 지점에서 후회와 자책의 태도에서 벗어난다. 그리고 나이가 들어도 남의 귀에다 대고 소곤거리고 이야기하거나 무릎걸음으로 걷듯 비굴하지는 않을 것이라고 하였다. 남의 귀에 대고 소곤거리는 말이 공론일 수 없고 앉은뱅이 무릎걸음으로 행하는 일이 당당할 수는 없다. 결과적으로 과거를 회고해 보면 후회스럽고 한탄스럽지만, 그래도 지켜왔던 삶의 방식과 태도를 버리지는 않겠다는 다짐을 우회적으로 표현했다. 이렇듯 화자의 탄식은 단순한 탄식에 머무르지는 않는다. 그보다는 오히려 물리적인 늙음은 어쩔 수 없지만, 지켜야 할 행동 양식은 양보하지 않고 있는 것이다.

17번 작품에서 화자는 밤잠이 없는 불면을 큰 병이라고 하소연한다. 이러한 괴로운 일도 늙은이가 되면 늘상 겪는 일이니 피할 수 없다고 하였다. 중장의 시상을 따라가면서 순행하려면 종장에서 '이만 나도 세상의 순리를 따르고자 한다'는 내용이 나와야 한다. 그런데 종장에서 화자는 "님 싱각 ᄌ별ᄒ니"로 서술되듯 님을 그리워하는 심사를 드러냈다. 노년의 불면이 일반적이라면 상사의 고통으로 인한 불면은 상대적으로 특수한 면이 있다. 그렇지만 이 괴로운 두 상황은 어쨌든 잠이 든 이후에야 모두 해소될 수 있다. 화자는 이 점을 인식하고 예삿일과 상사(想思)를 있는 그대로 받아들이고 있는 것이다. 종장에서는 음보가 상당히 늘어났는데, 불면과 님 생각이 연동되면서 시상을 끝맺고자 하였기 때문이다. 결과적으로 이 작품에는 탄로와 연군이 함께 공존한다. 유배자이자 노인으로서 겪는 고통에다 신하로서 겪게 되는 고통을 스스럼없이 함께 드러내고 있다.

20번 작품에서는 화자의 처지에 대한 탄식이 좀 더 분명한 성찰로 이어지고 있다. 유배를 당하게 된 자신의 행위와 행적에 대한 반성이 드러난 작품이다. 그러나 내 죄가 너무 엄중하므로 반신반의한다고 하였다. 등불을 앞에 두고 옛사람의 말을 대하는 상황이니 대개 독서를 추론할 수 있다. 즉 여기서 옛사람이 곧 성현이면 성현의 말 속에는 도덕과 진리가 있을 것이다. 그리고 니의 죄는 여기에 어긋남이 있다. 그러므로 화자는 자신의 죄를 인식하고 상황이 나아짐(혹은 유배가 풀림)을 기대하기가 쉽지 않았다고 볼 수 있다. 화자는 늦은 밤에까지 등불에 심지를 돋우고 옛사람의 글을 읽는다. 또한 옛사람의 글은 나를 속일 리 없다고 보았다. 그런데 시상의 전개 과정에서 중장과 종장 사이에는 의미의 빈 공간이 있다. 그것은 서정적인 감탄이나 여운이 아니고 필자가 처하고 있는 상황에 해당한다. 나의 행동 역시 옛사람의 원칙에서 어긋난 것이다. 그러므로 미래에도 상황이 나아질 수 있음을 기약할 수 없는 것이다.

> 少年(쇼년)들 웃지 말고 내 말숨 드러 보소
> 귀 막고 니 싸지디 눈 오히려 붉아시니
> 엇지면 사랏다가 太平聖代(태평셩티)를 다시 볼 쯧 ᄒ여스라 (14번)

노인의 성찰은 결국 소년에게 어떤 교훈을 주기 위한 것이기도 하다. 화자는 소년에게 뭔가 말하려고 들어 보라고 당부한다. 그 말의 내용이 중장에서 이어지는데, 자신은 나이가 들어서 귀가 어두워지고 이가 빠졌지만, 눈은 오히려 밝아졌다고 하였다. 이러니 화자는 밝은 눈으로 세상을 더욱 잘 볼 수 있다. 성대를 가려볼 수 있는 눈이 생긴 것이었다. 늙어서 생겨난 밝은 안목을 강조하고 있다. 단순하게 눈으로 볼 수 있는 만물이 아니라, 세상의 질서와 조화를 가려 볼 줄 알게 되었음을 강조하였다. 그러므로 종장에 와서는 혹시 유배지에서 살아남는다면, 화자는 과거에 목도했던 태평성대를 다시 한번 때를 기다리면서 볼 수 있을 것이라고 기대하였다. 그러므로 이 작품은 단순하게 늙음을 한탄한 것이 아니다. 그보다는 오히려 선대 왕이 이루었던 태평성대가 다시 이루어지길 기대하는 심정이 드러난 것이다.

유배지에서 화자가 내놓은 내면의 목소리는 다양할 수 있다. 그러나 화자가 노래하는 성찰의 내용이 실제 자신의 불의에 대한 반성은 아니었다. 화자는 몇 작품에서 자신의 죄가 무겁다고 말하고 있지만 죄보다는 오히려 '죄명'을 더 강조하고 있다. 그것은 자신에게 덮여진 죄명은 무겁지만, 실제 스스로를 불의하다고 본 것은 아니다. 또한 자신이 처한 실존 상황을 분명하게 인식하고 슬플 때라도 절도를 잃지 않았다. 생의 종반에 이른 노년의 침착함을 보여주었다. 유배의 고통과 억울함도 외부의 대상에게 풀지 않고 담담하게 화자의 내면으로 수용하고 있다.

김이익의 작품에는 처지에 대한 비관보다는 오히려 늙어서도 남은 세월에 대한 강한 의지를 보여 주고 있다. 에릭슨은 인간 생애의 8단계인 노년기는 인간이 자신의 인생과 노력, 성취에 대한 결과를 회고하고 반성하는 시기로 이 시기의 핵심 과업은 자아통합감의 획

득이라고 했다.[68] 노인은 이미 지나간 인생을 되돌려서 다시 살 수는 없기 때문에 절망과 혐오감을 겪고서도 자신의 인생을 가치 있는 삶으로 평가하고 수용하려는 내적인 성찰에 이를 수 있다. 김이익의 작품에서도 노년의 실존 상황 속에서 자연스러운 탄로만이 아니라 자신이 지켜 온 바를 지켜나가겠다는 자아 성찰의 의지를 보여 주고 있다고 할 것이다.

2. 정치적 좌절과 연군

화자의 감정과 정서는 타자인 외부의 인물과 세계로 향하기도 한다. 화자의 감정이 향하는 주요 인물은 임금이고 작품 속에서는 그 님을 향한 그리움과 연모의 정이 절절하게 표출되고 있다. 유배지에서 화자는 님과의 관계를 이어갈 수 없었다. 이것은 단순하게 사적인 관계만이 아니라 신하로서 화자가 맺어 온 공적인 관계의 단절을 의미한다. 그리고 이때 생겨나는 감정은 사적인 내밀한 교감의 문제만이 아니라 자연스럽게 공적인 차원으로 확대된다. 김이익의 작품 속에서 표상되는 님은 두 명이다. 시상의 전개로 보았을 때, 님은 대개 서거한 선왕 정조를 지칭하는 경우가 많지만, 현왕(現王)인 순조인 경우도 있었다.

---

68) Erikson, E. H. 에릭슨. 김난수 외 역, 「노화의 심리사회학적 양상」, 48~69쪽, 『노인재활』, 군자출판사, 2005.

먼저 화자가 작품 속에서 간절하게 만나고자 했던 대상은 선왕인
정조로 파악된다. 실제로 김이익의 유배형을 선왕인 정조가 꿈을
통해서 미리 알려주었다는 작자의 기록이 있고[69], 현실에서도 오랜
시간 동안 군신 관계를 맺었기에 그 경험과 기억으로부터 연유하는
그리움의 감정은 자연스럽게 여겨진다.

> 잠들기 願(원)치 마소 잠 속의 꿈의 잇고
> 꿈 속의는 우리 님 分明(분명)히 뵈시는이
> 씬 후의 虛事(허亽)가 되니 그째 싱각 더욱 懇切(근절)ᄒ여亽라
>
> (18번)

> 人生(인싱)은 꿈결이오 世事(셰亽)는 믈결굿다
> 귀 밧긔 온갖 말이 바람결의 지나가더
> 줌결의 님 뵈옵는 精誠(정셩)은 미줄결인가 ᄒ노라   (44번)

화자는 님과의 조우를 간절히 바란다. 그런데 현실에서는 불가

---

69) 『金剛啓蒙』 권5(貞), 「金剛名篇解」, 〈記夢〉, 한국학중앙연구원 장서각, 한국학자
료총서 52, 2015. 庚申十二月二十日, 夜夢伏聞 動駕之報 賤臣先詣一公廨 以待則
少頃 先大王正宗御蟬冠龍袍 坐紅祭藍輿前 排若干挟輦 若干陪從 若干遵正路而
行正路 有一轉曲處 賤臣祇迎於此 仍爲陪上於大廳 大廳十餘間 東西北皆分閤而
南面則通 上殿座于正中 賤臣進伏於前則 自御袖 出一貼紙 其厚如正草紙而長廣
封摺之樣一如常時所 頒?樂封裹. …… 右夢若是丁寧 而統及五日遞家 東朝之恩
譴罪名則先朝之亂臣也, 邦典則絶島之荐棘也. 萬 戮猶輕一息尙存 先王眞遊之期
今已再回而不得一慟於喬山象設之下 仙寢奠酹之際 猶食猶眠頑於木石 豈可以人
理責之而然此一瑞全賦之 天終不能自泯於挫抑頓躓之地矢志?他 雖死无悔之衷,
必已蒙先王之照燭矣, 顧若以幽明之已隔, 少須臾忘我先王, 天必極之久矣.

능하므로 꿈에 기대게 된다. 18번 작품은 꿈속에서 님을 보고 깨고 나면 님이 없어서 모든 것이 허사임을 한탄한 노래이다. 잠 속에는 꿈이 있고 꿈속에는 우리 님이 분명히 있다. 그러나 누구라도 영원히 잠 속에 있을 수는 없다. 그리하여 깨고 나면 모든 일이 허사가 되어버리고 말아서 그 순간에는 님 생각이 더욱 간절해진다. 얻었다가 잃게 되는 상실의 감정에 그리움은 더해진다. 초장과 중장에서 시간은 잠에서 꿈으로 순행하다가 종장에 와서야 깨어남으로 이어진다. 그리고 깨어난 순간에 바로 님을 볼 수 없는 현실을 마주하게 되면서 화자는 좌절한다.

44번 작품은 유동적인 이미지들이 중첩되고 있다. 인생은 꿈결이고 세상사는 물결이다. 초장에서 종장까지 매 장에서 꿈결, 물결, 바람결, 잠결, 맺을 결로 운을 맞추었다. 인생사와 세상사를 꿈결과 물결로 병치하고 있다. 인생은 헛되고 세상일은 되돌릴 수 없다. 이 두 가지는 그저 흘러가는 것이다. 더욱이 화자의 귀 밖에서는 온갖 말들이 바람결에 지나가 버린다. 모든 것이 그저 흘러가 버리고 멈춰서 매듭을 짓지 않는다. 그런데 오로지 화자가 무심히 지나쳐 버리지 않는 것이 하나가 있고 그것이 종장에서 제시된다. 그것은 잠결이나마 뵙게 되는 님에 대한 지극한 마음이다. 연모의 감정이 절실하게 드러난 작품이다. 꿈결, 물결, 바람결로 다 흘러간다는 이미지가 중첩하면서도 잠결에도 님을 뵙는 정성은 맺을 결이라고 고정했으니, 소리의 음운을 맞추면서도 최종적으로는 다른 의미로 전환되었다.

님을 향한 화자의 변하지 않는 마음은 님과의 윤리적·사회적 관계 속에서 보존된 것이었다.

> 죽어도 못니줄 일 君親(군친)의 恩惠(은혜)로다
> 父母(부모)가 날 스랑ᄒ시기는 例事(례사)옵거니와
> 님군이 子息(ᄌ식)ᄀᆺ치 보시던 恩德(은덕)은 더옥 罔極(망극)ᄒ
> 예라 (19번)

> 豊年(풍년)은 ᄒᆡ마다 들고 輪行癘疫(륜ᄒᆡᆼ녀역)은 아조 가니
> 朝鮮國(됴션국) 百萬生靈(빅만싱녕)이 새 德化(덕화)롤 歌詠(가
> 영)ᄒ다
> 너희는 先王明靈(션왕명녕)이 돕ᄌᆞ오셔 그런 줄노 아라스라 (10번)

19번 작품에서 님은 선왕인 정조이다. 초장에서 화자는 임금과 부모를 동일시하여 그 은혜의 큼을 강조했다.[70] 그리고 그것을 죽어도 못 잊을 일이라고 하였다. 부모의 사랑은 혈육으로서 당연한 예사(例事)이다. 천륜이 작용하고 있기 때문이다. 그러나 임금이 화자를 자식같이 여기는 은덕은 혈육의 당연지사가 아니니 더욱 망극하다고 보았다. 여기서 임금과 나의 관계는 군신(君臣)이 아니라 부

---

70) 김이익은 집안의 후손들을 교육하기 위해서 쓴 『金剛璇警篇』에서 군신의 관계를
   부자의 은혜로서 노래 부르고 의리 중의 으뜸으로 언급하였다.
   〈君臣〉
   兼有父子恩 겸하여 부자의 은혜가 이시니
   以義合者首 의로써 합한 자의 읏듬이로다
   只宜盡吾分 다만 맛당이 내의 딕분을 다ᄒ올지니
   事之無堯封 섬기기ᄋᆞᆸ기는 요와 주ㅣ 업는이라

자(父子)의 관계로 치환된다. 그러므로 임금과 화자의 관계는 수직
적 정치권력의 관계가 아니라 효라는 사회적 보편 윤리가 관여한
다. 화자는 결국 부모와 임금을 동일한 차원에서 공경해야 하고, 따
라서 충과 효는 동일한 윤리가 된다.[71]

　10번에서 화자는 선왕이 만들어 놓은 조선의 모습을 그렸다. 나
라 안에서는 풍년이 해마다 들고, 돌림병도 아주 가서, 조선의 모
든 백성들이 새로운 덕화를 노래 부를 수 있게 되었다. 현실을 보
면 순조 2년으로 아직 순조의 친정이 이루어진 때가 아니다. 그렇
다면 덕화 역시 현왕이 통치해서가 아니다. 그러므로 이 모든 태평
세월이 선왕의 영이 도운 것이라고 하였다. 그리고 모든 백성들이
이러한 선왕의 도움을 알고 칭송해야 한다고 본 것이다. 화자는 비
록 유배지에 있지만, 좋은 세월이 계속되자, 돌아가신 선왕을 더욱
그리워한 것이다. 그러니 잊지 말고 그 은혜를 기억해야 한다고 본
것이다. 기억하고 송도하는 내용인데, 그 대상이 현재의 왕이 아니
라 선왕이다. 예컨대 현재 왕의 효심을 중간 다리로 놓았다면 자연

---

71) 김이익은 가사인 〈금강중용도가〉에서도 정조가 관로에 오른 자신을 수십 년간 자
　　식같이 보살폈다고 서술하였다. 죠야천신 이 내 몸이 조년의 아비 여희고 草野賤
　　臣此吾身 早年喪父/ 마흔 후 통적ᄒᆞ야 이런 성쥬 만나오니 四十後通籍 如此聖主
　　遭逢/ 아모 지조 우원 업고 우직으로 즈허ᄒᆞ니 某般才元無 愚直自許/ 지신막여
　　네 즈 하교 또 두어 일노 포장ᄒᆞ샤 知臣莫如四字下敎 又以數事襃獎/ 고든 심장과
　　춤직샹을 이런 몸의 허ᄒᆞ시고 直心腸眞宰相 如許身許之/ 허위세계의 독블연ᄒᆞ고
　　피츳 무당흔 즈직신이 虛僞世界獨不然 彼此無當自在身/ 나만 밋고 돈일아신 젼
　　후 ᄉᆞ교 루루ᄒᆞ샤 但恃子而行之 前後辭敎縷縷/ 즈식ᄀᆞ치 보시기를 십칠년이 여일
　　ᄒᆞ니 如子視之 十七年如一/ ᄂᆞᆷ 모로ᄂᆞᆫ 군신졔우 암지ᄉᆞᆨ극 업슬손가 他不知之君臣
　　際遇 暗地猜克無乎·

스럽게 선왕과의 연결점이 만들어지지만, 짧은 노래 안에 그러한 점을 밝히지는 못했다.

화자는 현재 권좌에 올랐지만 그 역할을 수행할 수 없는 어린 왕 순조를 그리워하고 그의 안위를 걱정했다.

> 四野(ᄉ야)의 黃雲興(황운흥)ᄒ고 中天(즁쳔)의 白日明(빅일명)ᄒ디
> 크나 큰 바다 우희 風波(풍파) 혼 졈 업더고냐
> 어즈버 이 光景(광경) 그렷다가 우리 님ᄭᅴ 드리올가 ᄒ노라 (11번)

> 울여밭 ᄆ이 쁠허 풋동비롤 섯거 ᄢᅵ니
> 이 밥맛 하 맛나 다 드리고져 우리 님ᄭᅴ
> 드리면 粒粒辛苦(닙닙신고)롤 더욱 아오실가 ᄒ노라 (32번)

11번 작품에서 화자는 현존하는 님에게 아름다운 광경을 그려보이고자 한다. 그러므로 화자가 그리는 풍경 속에서 그가 기대하는 세상이 드러나 있었다. 사방의 들에서 벼가 누렇게 익어가고, 하늘 한복판에서는 백일이 더욱 밝다. 그리고 바다 위에서는 바람도 파도도 한 점 일지 않아서 잔잔하다. 들판, 익어가는 벼, 밝은 햇빛, 큰 바다가 모두 변고 없이 조화롭게 존재하며 가을의 결실을 맺고 있다. 결과적으로 초장과 중장에서는 화자를 둘러싼 자연 환경이 태평성대를 드러내듯이 조화롭게 평화롭다. 그리고 종장에서 화자는 이 풍요로운 광경을 그려서 우리 님께 드리고 싶다 하면서 마무리했다. 조화를 이루는 삶은 유배지에서 자연에 묻힌 화자에게만

의미가 있지 않다. 오히려 강호자연과는 거리를 두고 있는 현실 세계에서 인간다운 삶을 위해서 더욱 긴요하다. 그러므로 화자는 이 조화로움을 왕에게 보여 주고 싶은 것이다. 이것은 현실 정치에서도 이러한 자연의 조화가 이루어지길 고대해서이다.

32번 작품에서도 화자는 군왕에게 드리고 싶은 것을 표현하고 있다. 이때는 올여쌀에 새로 나온 동부콩을 섞어서 찐 밥을 우리 님께 드리고 싶다고 하였다. 밥맛이 맛나다고 먼저 말을 하고 이어서 우리 님께 드리고 싶은 마음을 도치법을 사용하여 표현하였다. 맛있는 밥을 님에게 올리고 싶은 간절함이나 조바심이 느껴진다. 그리고 님께서 이 밥을 보면 곡식 한 알 한 알을 만든 농부의 고생과 수고를 더욱 알게 되실 거라고 하였다. 임금을 연모하는 마음이 화자 개인의 문제로 귀속되지 않고 백성의 노고로 연결되었다. 이때 화자는 선왕이 아니라 현재의 어린 왕을 염두에 둔 것으로 보인다. 구중궁궐에서 아직 친정을 하지도 않은 채 백성의 일상사와 멀어져 있을 임금에게 그 실상을 알려 주고 싶은 화자의 마음이 드러나 있다.

다음의 작품들에서는 현재의 님이 살고 있는 한양으로 복귀하고픈 마음이 드러나고 있다.

北(북)으로셔 오는 져 구룸아 應當洛陽(응당낙양)을 지나실지니
九重宮闕(구중궁궐) 깁흔 곳의 우리 님 平安(평안) ᄒᆞ오시던가
구룸이 무슴 뜻으로 날을 向(향)ᄒᆞ여 웃는 얼굴 ᄒᆞᄂᆞᆫ고나 (31번)

上林(샹님)의 놀난 기럭이 南方(남방)으로 느라완지
불셔 三年(삼년)의 놀을 싱각ᄒ고 미양 우지지니
어ᄂᆞ째 靈囿(영유)로 도라드러 녯가지의 다시 의지ᄒᆞᆯ넌고 (48번)

우리 님은 북쪽에 있고 화자는 국토의 남쪽 끝인 금갑도에 유배
되어 있다. 그러니 북쪽으로부터 불어 오는 바람이 당연히 서울을
지나올 것이다. 그러므로 그 불어오는 구름에게 구중궁궐에 있는
임금의 안부를 묻고 있다. 북으로부터 오는 저 구름에게 '우리 님
평안'을 묻고 있다. 종장에서는 구름고 다만 "구룸이 무슴 쯧으로
날을 向(향)ᄒ여 웃는 얼굴"을 하였다. 구름의 대답은 웃음인데 그
의미는 막연해서 추측할 뿐이다. 그것은 아마도 두 가지로 해석되
는데 님의 평안함과 유배인 화자에게 좋은 일이 있을 듯하기에 웃
음을 보였다. 서울에 있는 임금의 평안무사를 암시하고 더불어서
해배를 기대하는 화자의 소망을 담고 있다. 초장에서는 구름을 부
르고 중장에서는 안부를 묻고 종장에서는 구름의 대답이 순차적으
로 드러나고 있다. 유배지에서도 임금의 안부를 염려하는 연군의
마음이 북쪽으로부터 불어오는 바람에게 소식을 묻는 형태로 형상
화되었다.

상림(上林)과 영유(靈囿)는 임금이 계신 궁궐과 정원이다. 임금이
계신 궁궐 조정에서 노닐던 기러기, 즉 화자가 남쪽 유배지로 떠나
온 지 벌써 3년이 지났다. 중장에서 누군가를 생각하며 매번 우는
기러기는 화자 자신이다. 당연히 기러기인 화자는 상림의 주인인
임금을 그리워하고 다시 좋았던 그 시절 그곳으로 돌아가고자 한

다. 그래서 종장에서 화자는 어느 때라도 다시 한번 임금의 정원으로 회귀하여 놓던 옛 가지에 다시 오를 수 있기를 고대했다. 한양의 궁궐과 임금의 곁으로 돌아가고 싶은 화자의 마음을 상투적인 수사를 통해서 드러냈다.

화자가 작품 속에서 표현하는 정조와 그 계승자인 순조에 대한 마음은 대를 이은 충(忠)이었다. 그리고 이러한 군신 관계는 신하된 자의 선택이 아니라 당위로서 이미 규정된 것이었다.

> 사라도 先王臣下(션왕신하) 죽어도 先王臣下(션왕신하)
> ᄉᆞ랑홉다 先王(션왕)의 아ᄃᆞ님 卽今吾君(즉금오군)
> 내 비록 罪名(죄명)은 至重(지중)ᄒᆞ나 이 ᄆᆞ음이야 變(변)홀손가
> (4번)

> 돌은 놉히 ᄯᅳ고 바람은 ᄂᆞ리부니
> 三千大界(삼천대계)의 一點塵埃(일졈진이) 아조 업ᄂᆡ
> 아마도 져 둘빗치 孤臣腔裏(고신강니)예도 빗최ᄂᆞᆫ가 ᄒᆞ노라 (25번)

화자는 살아서도 죽어서도 선왕, 즉 정조의 신하라는 의리를 강조하고 있다. 그러한 임금에 대한 의리는 지금의 임금에게도 이어진다. 지금의 우리 임금이 사랑스러운 것은 선왕의 아드님이기 때문이다. 11세에 임금이 된 순조는 화자에게 군주라기보다는 선왕의 아드님이라는 정체성이 더 앞선다. 임금에 대한 충심은 그 임금의 생사와 관련이 없고, 죽음을 넘어서 이어질 수 있다. 그래야만 신하의 충으로서 의리에 합당한 것이다. 정조는 임금과 신하 사이의

관계를 거론할 때, 사육신이 보여 준 완전한 충을 칭송한 바 있다. 사육신은 선대의 왕이 승하하자 나이 어린 그 후계자에게도 똑같이 충성을 다했다. 지금의 임금은 이 단종과도 유사한 처지의 나이 어린 순조였다. 그리하여 화자는 지금 비록 덮어 쓴 죄명이 지극히 엄중하지만, 임금을 향한 마음은 변함이 없음을 강조했다.

25번 작품에서는 화자는 고립된 유배지에서 임금의 덕화를 얻고자 한다. 달은 높이 떠 있고 바람은 내려 불어온다. 이 불어오는 바람이 온 세상의 티끌들을 모두 날려서 한 점도 없게 하였다. 이렇게 깨끗해진 세상에서는 저 달빛이 외로운 신하의 가슴 속에도 비칠 것이다라고 하였다. 달은 임금이고, 고신은 화자이다. 임금의 덕을 상징하는 달이 천하를 다 비추도록 높고 환하게 빛나고 있고, 그러한 왕의 덕화를 가로 막는 티끌들 역시 바람이 날려버렸다. 그러므로 이 궁벽한 처지에 놓인 외로운 신하에게도 왕의 덕화가 비출 수 있을 것이라는 소망을 드러내었다. 임금에 대한 기대와 소망을 드러내었다. 왕의 덕화를 삼천대계를 비추는 달빛에 빗대어 그려낸 전형적인 작품이다. 정조는 치세의 후기에 이르면 스스로를 만천명월주인옹이라고 규정하였다. 그리고 온 세상을 비추는 달빛은 차별도 없고 편사도 없다고 하였다. 즉, 명월인 자신이 모든 신과 민에게 사표로서 존재한다고 규정하였다.

정치적 좌절을 겪은 화자는 작품 속에서 자연스럽게 권력자인 왕을 대상화하였다. 창작의 문맥에서 연모의 대상이 되는 왕은 두 명이었고 그 둘을 향한 화자의 반응은 차이점을 드러냈다. 첫째, 작가는 선왕을 그리움과 찬양의 대상으로 여겼다. 선왕은 그리워

해도 다시는 볼 수 없는 존재이기도 했다. 그러므로 작자는 선왕을 대상으로 할 때 작품 속에서 보다 사적이고 절실한 감정을 드러낸다. 선왕은 화자에게 정치 역정을 함께한 어버이이자 사부였다.[72] 그리고 살아서 스승이었던 선왕의 의리와 이념은 그가 없는 지금도 따르고 지켜야만 하는 것이었다. 둘째는 정치적 실권이 없는 계승자로서의 현왕이다. 친정에 들어가지 않았던 순조는 유배자인 김이익을 해배해 줄 수 있는 권한이 없을 뿐만 아니라, 화자와 실질적인 군신 관계를 맺어 본 경험도 없었다. 화자에게 이 왕은 권력자로서 아직 가능태일 뿐이었다. 오히려 원자 시절의 순조가 더욱 각인되어 있을 때였다. 그러므로 작품에서 화자는 이 왕에게 민생과 관련된 일을 말하고 싶어 하고 무언가를 알려 주고 조언하려는 듯한 태도를 취한다. 동시에 아직은 제대로 권좌를 차지하지 못한 어린 왕에 대한 기대감이 드러나기도 했다.

화자는 작품 속에서 연군의 정서를 드러낼 때 일관되게 자신의

---

72) 작자는 『金剛贐警篇』의 한시에서 임금의 은혜와 그것에 조응하는 신하의 윤리로서 충을 노래하고 있다. 임금이 베풀어준 은혜를 몸과 마음을 다해서 저버리지 말아야 함을 윤리로서 규정하고 정성을 다해서 임금을 받들어야 한다고 언급했다.
〈酬恩〉
恩於君親外 은혜가 님군과 어버이의 밧긔
亦或有所受 쏘흔 혹바드배 잇거든
雖未身以報 비록 몸으로써 갑는지 못홀지라도
固可心勿負 진실노 맛당히 ᄆᆞ음의는 져ᄇᆞ리지 말지니라
〈忠〉
天下萬般事 하늘아래 만가지 일이
皆由中心成 다 중심으로 몰미암아 니로이는
況吾可愛君 하믈며 우리 가히 ᄉᆞ랑ᄒᆞ오신 님군ᄭᅴ
奉之忍欠誠 밧드옵기를 참아 정성이 젹을소냐

마음이 변하지 않았다는 충절의 논리를 강조하고 있다. 님과 나의
정서적 관계에 몰입하여 내면의 목소리를 내는 데 집중하지 않아서
그리워하는 절실한 마음이 솔직하게 드러내지 못했다. 작품 속에서
반복하는 충의 논리는 선왕과 선왕의 유훈으로부터 온 것으로 볼
수 있었다. 더 나아가 화자는 선왕인 정조를 군신 관계이자 부자
관계로 매듭짓고 있다. 이러한 태도는 정조가 생전에 측근 관료들
에게 요구했던 도덕률이기도 하였다.[73] 화자의 현실에서 왕이라는
존재의 상실은 단순히 숭모의 대상이 없어진 게 아니라, 그를 통해
서 이루려 했던 세상을 얻을 수 없게 된 것이었다. 그러므로 화자의
슬픔과 좌절은 인과가 분명한 것이었고 동시에 극복되어야 하는 당
위 역시 존재하고 있었다.

3. 사회적 고립과 계세

김이익은 자신이 생활하던 공간으로부터 멀어져서 지리적으로
고립되어 있었지만, 그의 관심은 여전히 타인과 그들이 존재하는
외부 사회를 향해 있었다. 남해 절도의 낯선 공간에서 생활하면서
그는 공동체 내외부를 향해서 경계의 목소리를 내었다. 중앙의 정
치권력으로부터 배제되었지만, 관료이자 선비로서 세상을 향한 관

---

73) 윤정, 「18세기 국왕의 '문치' 사상 연구」, 274~276쪽의 논의 참조. 서울대학교 박
  사학위논문, 2007. 8. 정조 13년 이후에 정조는 군신 간의 분의(分義)를 인륜과
  연결 지어 보편적 가치로 제시하는 방향으로 나아 가고자 하였다.

심은 지속되고 있었다. 그리고 작품 속에서는 정치적 함의나 의도
가 있는 쟁점보다는 실천적이고 윤리적인 문제를 소재로 삼아서
좀 더 보편적인 공감을 얻는 쪽으로 시상을 드러냈다.

사람과 사람 사이에서 생성되는 관계의 내용을 직접 거론하거나
우회적으로 표현했다.

> 盞(잔)잡고 마조 안져 자너와 나와 둘이
> 死生榮辱(ᄉᆞ싱영욕)을 흔가지로 ᄒᆞ자 ᄒᆞ니
> 이후란 그런 말 고지듯지 말고 아라 待接(디접)ᄒᆞ오리라 (26번)

> 새즘싱 中(중) 못된 거슨 두룸이 네로고나
> 것風神(풍신) 虛(헛)소리로 사롬을 얼위온다
> 아마도 主人(쥬인)룰 爲(위)ᄒᆞ여 째째 우는 돍만 못ᄒᆞᆫ가 ᄒᆞ노라
> (27번)

26번 작품은 동류 사이에서 지켜야 하는 신의에 집중한다. 초장
과 중장에서 자연스럽게 이어지던 시상이 종장에서 어그러졌다.
화자는 친우인 듯한 청자를 전제하고 술잔을 잡고 마주 앉아서 "자
너와 나와 둘이" 죽음과 삶을 함께하자고 하였다. 실제로 외떨어진
유배지에 홀로 내몰려 있던 화자는 사생과 영욕의 극단에 놓여 있
었다. 그런데 종장의 반행 "이후란 그런말 고지듯지 말고"로 유추
해 볼 때, 사생영욕을 함께하자고 했던 사람이 배신을 했다. 그러
므로 이제 생사를 함께하자는 비장한 말도 곧이곧대로 듣지 않겠
다고 하여 신의 없는 동류를 강하게 비판했다. 종장에 와서는 초장

과 중장에서 만들어진 일종의 비장한 정서가 스러지고 종장 앞의
반행에서는 그런 말을 곧이 듣지 말라면서 스스로 자기 말을 뒤집
었다. 특히 이 반행은 율독할 때 4음보로 읽혀지므로 여기서 이미
전체 작품의 시상은 종결될 수 있었다. 그런데 시인은 다시 "아라
딕졉ᄒ오리라"를 덧붙여서 불필요한 부연을 늘어놓았다. 굳은 약
속마저도 쉽게 어그러질 수 있는 세태에 대한 경계심이 놓여 있다
고 볼 수 있다.

27번 작품에서는 두루미의 비유를 통해서 경계해야 하는 인간형
을 드러냈다. 날짐승 중에서 못된 것이 두루미라고 하였다. 중장에
서 두루미가 왜 못됐다고 하는지 그 이유를 밝혔다. 겉 풍채가 좋
지만 헛소리만을 하여 사람을 위압하고 당황하게 만들기 때문이
다. 동시에 두루미는 겉으로 드러나는 외모나 헛소리뿐이고 사람
에게 주는 실제적인 이로움이 없다. 그러므로 종장에서는 겉으로
는 볼품없지만 주인을 위하여 때를 알려 주려고 우는 닭을 더 낫다
고 여겼다. 겉치레에 치중하는 사람들을 쓸모없게 여기고, 묵묵히
자신의 소임을 다하는 사람들을 소중하게 본 것이다. 사람을 판단
하는 기준을 자신에게 맡겨진 역할을 분수에 맞게 수행하는 것으
로 보았다.

인간의 욕망과 본성에 대한 탐구는 수기를 주요 덕목으로 삼는
사대부에게 주요한 것이었다. 화자가 인식하는 인간과 인간사에서
가장 경계해야 할 것은 중절을 잃은 욕망이었다.

져 사롬 헛말 마소 어딕셔 만나보신가
됴흔 飮食(음식) 마다 ᄒ고 썰치고 가는 이롤
내 보니 酒肉(쥬육)을 貪(탐)ᄒ여 病(병)드는 이 太半(태반)이나
ᄒ더고나 (29번)

사롬이 親疏(친소)업시 만나면 술잔일다
말ᄒ기 됴흘마치 먼고 놀면 良藥(양약)이니
구틱여 제 스스로 盡醉(진춰)ᄒ고 술탓ᄒ믄 므스 일고 (34번)

나븨는 곳츨 춧고 白鷗(빅구)는 믈의 노니
사롬을 酒色外(쥬싴외)예 議論(의논)홈이 比(비)컨대 이 ᄀᆞ거눌
엇지타 만나면 過度(과도)ᄒ야 곳과 믈을 탓 숨게 ᄒ는요 (36번)

29번 작품에서 화자는 저 사람에게 헛말 하지 말라고 질문을 던
진다. 질문이 완전해지려면 초장의 뒷 반행과 중장을 이어서 보면
된다. 그렇게 하면 "됴흔 飮食(음식) 마다 ᄒ고 썰치고 가는 이롤 어
딕셔 만나보신가"라는 질문이 된다. 이에 화자는 좋은 음식을 싫다
는 사람은 없고 오히려 너무 좋아하다 탈 나는 사람이 태반이라고
비웃었다. 그러니 저 사람의 말은 당연히 헛말이 된다고 볼 수 있
다. 화자가 지시하는 좋은 음식이 권세욕이나 부귀영화로 비유된
다면, 그것을 마다하는 사람은 없다는 세태를 지적한 것이다. 저
사람이 부귀영화와 좋은 음식을 하찮게 여기는 금욕적이고 규범적
인 인물이라면, 화자는 이러한 태도가 현실과 부합되지 않음을 지
적하고 있다. 이것은 위선과 탐욕에 대한 경계를 동시에 드러낸 것

이다. 화자가 그러한 지적을 직설적으로 하는 종장에서는 음보가 두 개가 늘어났지만, 할 말을 다하고자 하여 끊어내지 않았다. 작품 전체의 균형이나 시어의 압축과 같은 점을 생각하지 않았고 전달하고자 하는 의미를 내세워서 작품을 창작하였다.

두 번째 작품은 술과 관련된 사람의 태도를 문제 삼았다. 사람들은 으레 만나면 친소 관계없이 술잔을 들고 술을 나눈다. 그러나 술은 적당하면 좋은 약이 되지만 대취하면 문제가 생긴다. 굳이 몹시 취하고 나서 술을 탓하면 무슨 일이겠느냐며 반문한다. 쉽게 말해서 술이 문제가 아니라 술 마시는 사람이 문제라는 것이다.

36번 작품에서는 주색에 탐닉하는 행동을 경계했다. 나비가 꽃을 찾고 백구가 물 위에서 노는 것은 당연하다. 사람이 주색에 노님을 이것에 비유할 수도 있다고 보았다. 꽃을 찾는 것이 색이고 물에 노는 것이 주이다. 그런데 문제는 그 향락의 과도함이다. 사람은 과도하게 몰입하면서 도리어 꽃과 물을 탓한다. 쾌락을 즐기는 인간의 욕망을 자연스러운 것으로 인정했다. 하지만 있는 그대로의 현실을 인식하고 윤리적인 경계선을 넘지 않도록 반문하여 강조하였다. 그럼에도 불구하고 유배자라는 화자의 처지에서 주색을 거론하고 노래하는 것은 어느 정도 윤리적인 긴장감이 느슨해졌음을 알 수 있다.

인간의 욕망에 대한 화자의 경계심은 과거의 일을 술회하는 과정에서 좀 더 파격적인 양상으로 나타나기도 한다. 다음의 35번 작품은 흔히 연정을 소재로 했다고 볼 수 있는 것이지만, 낭만적인 감정은 찾아볼 수 없다.

　　꼿 것거 손의 쥐고 날 보며 半(반)만 웃데
　　저 보고 곳흘 보니 곳치런가 제런가
　　至수(지금)에 그째 일 싱각ᄒ면 밋쳐던가 ᄒ노라　(35번)

　화자의 회상이 주요 시상인 작품이다. 회상의 내용은 꽃을 보고 웃던 사람에 대한 것인데 매우 솔직한 심사가 드러나 있다. 이 작품에서는 화자가 옛날에 경험했던 한 때를 시각적으로 그려내었다. 꽃을 꺾고 손에 쥐고 반만 웃었던 사람에게 화자는 "저 보고 곳흘 보니 곳치런가 제런가"라고 말하면서 그 사람이 꽃처럼 아름답다고 희롱하였다. 중장까지는 문자 그대로 연인과의 다정하고 좋았던 한 때를 노래하고 있는 듯하다. 그런데 종장에 와서 이러한 아련한 정서는 갑자기 깨지고 만다. 화자는 냉소적으로 그때는 아마 자신이 미쳤었나 보다고 언급했는데, 사대부로서 엄격한 자기 절제가 무너졌었다고 본 것이다.

　세태에 대한 비판은 보다 심각한 문제 인식을 바탕으로 드러나기도 하였다. 다음의 작품들은 일반 백성이 아니라 지배층 내부의 문제로 시선을 맞추고 있었다.

　　田畓(전답)은 사드리고 한아비는 ᄑ라먹니
　　벼술 官字(관쪽) ᄒ나ᄒ로 이 興成(흥셩)이 습겻ᄂ이
　　슬프다 그 사롬의 本心(본심)이야 현마 그리 숨겨시랴　(30번)

　　글닑어라 아희들아 글닑어 눕주던야
　　孝弟忠信(효뎨튱신) 네 것시오 富貴榮華(부귀영화)도 네 것실다

우리는 아희적 글 덜닑은 탓스로 이 貌樣(모양) 되어스랴 (46번)

넷사룸 ᄒ온 말의 술 못먹는 君子(군ᄌ) 업고
글 못ᄒ는 小人(쇼인) 업다 ᄒ나 나는 글도 술도 다 못ᄒ니
두어라 非君子(비군ᄌ) 非小人(비쇼인)을 어디 ᄡᆞᆯ이 今世上(금세
샹)의 (47번)

30번 작품에서는 보다 노골적인 사회상의 한 단면을 보여준다. 이 작품은 조상과 관직을 팔고 사는 세태를 드러내고 있다. 논과 밭을 사들이고 할아비, 즉 조상을 팔아먹기도 한다. 중장에서는 한 발 더 나가서 벼슬 하나로 이렇게 흥한다고 했으니 매관을 뜻하고 있다. 조상을 팔아서 천륜을 버리고, 벼슬을 사고팔아서 선비의 도리를 버렸다. 이러한 세태를 마주하는 화자의 슬픔은 당연하다. 종장에서 화자는 사람의 본심은 설마 그렇게 생겨나지 않았으리라고 한탄했다. 그러나 이 점에서 오히려 사대부 전직 관료가 바라보는 인식의 한계를 보여 준다고 할 것이다. 족보나 관직의 매매는 결국 사회적 제도의 구조적 모순에서 기인한다. 그런데 화자는 그것을 단선적으로 인간 본성의 문제로 치환하고 있는 것이다.

46번 작품에서 화자는 아이들에게 글공부를 권유하면서 글을 읽으면 실질적인 이익이 있다고 말하고 있다. 중장에서 글을 읽으면 효제충신이라는 덕목만이 아니라 부귀영화도 가질 수 있다고 하였다. 글을 읽으면 부귀영화도 가질 수 있다는 것은 일반적으로 사대부 어른이 아이에게 가르치는 내용으로 적절하지 않다. 심성을 닦고 사물의 이치를 알아서 도를 깨닫고 그것을 통해 사회적 선을 실

현한다는 사대부의 학문하는 태도가 아니다. 더욱이 지금 화자 자신의 처지를 가르키면서 우리는 아이 적에 글을 제대로 읽지 않은 탓으로 지금 이 모양이 되었다고 하였다. 실제 화자가 어려서 글공부를 소홀히 하지는 않았을 것이다. 이것은 학문의 연마를 통해서 이치를 깨닫고 노력했지만, 그것이 통치 행위를 통해서 사회적으로 실현되지는 못했음을 이면에 담고 있는 것이다. 그래서 작품에서 화자는 자신의 처지를 비하하고 유배의 상황을 비웃었다. 이 작품에서 화자의 태도는 학문의 이상 실현과는 무관해 보이고, 오히려 사회적으로 고립된 사대부의 좌절감을 반영하고 있는 듯하다.

47번 작품은 군자와 소인의 문제를 거론하고 있다. 옛사람이 말하기를 술을 못 먹는 군자가 없고 글을 못하는 소인이 없다고 하였다. 그런데 나는 글도 못하고 술도 못한다고 하였다. 그러니 군자도 아니요 소인도 아니어서 세상 어디에도 쓸 데가 없다. 원래는 군자가 글을 하고 소인이 술을 마셔야 하는데 그것이 오히려 반대로 되어 있다. 이때 술과 글은 그 역할을 적절하게 다하는 것이 아닐 것이다. 절제를 잃고 다만 취하기 위해서 마시는 것이고 글은 도를 담고 있지 않고 겉보기만 그럴싸한 것이다. 화자는 이런 글도 술도 다 못한다고 했으니 시류를 따라서 행동하지 않는 사람이다. 그렇기에 화자가 아니라 오히려 세상이 잘못 돌아가고 있는 것이다. 군자도 군자의 역할을 못하지만 소인도 소인의 역할을 못하는 세상이기도 한 것이다. 결과적으로 화자의 입장에서는 자신이 어떤 인간형이었더라도 지금 세상에 쓸모없는 사람이 된 것이다. 각각의 사람이 모두 도리에 맞는 제 구실을 하지 못하는 세태를 경계했다.

46번과 47번의 작품을 보면 〈금강중용도가〉를 창작할 때와는 학문을 대하는 상당히 다른 태도를 엿볼 수 있다. 〈금강중용도가〉에서 만물의 이치와 성현의 도를 찾겠다는 경건한 태도와는 상당히 달라진 모습을 보여준다. 이것은 본래 작자가 가진 학문관을 정연하게 시조라는 양식으로 표현하지 않은 것이다. 그보다는 오히려 세상과 시절에 대한 불만을 학문에 대한 태도를 가지고 반어적으로 표출했다고 볼 수 있다.

화자가 작품 속에서 외부 세상을 바라보는 인지 거리는 금갑도 내부에 머무르지 않았다. 더 넓고 확장된 시공간에서 보편적으로 논의될 수 있는 내용을 가져왔다. 그러므로 이 고립된 절도에 대한 부정적인 발언이 거의 없다. 절도의 험한 자연환경과 척박한 풍토라든지 이곳에서 살고 있는 사람들의 생활 풍속에 대한 칭찬이나 비판이 드러나는 작품이 거의 없다. 이것은 작자가 유배지 섬과 내부 공동체의 삶에 밀착되지 않았고 유배 공간 내부에서는 관망자의 시선을 유지했던 것이다. 또한 세태와 사람에 대한 경계나 반성, 혹은 충고는 드러나고 있지만, 그러한 현상의 기저에 대한 깊이 있는 인식에 이르지는 못했다. 화자가 작품 속에서 드러내는 외부 세계와 인간관계에 대한 욕망은 일종의 사회적 욕망이었다. 그리고 이 사회적 욕망은 도덕적 감성의 형태를 띠었고 의리의 차원에서 말해지기도 하였다.[74] 따라서 세태를 그려내는 과정에서는 사람들이 경험하는 물질적 세계의 측면이 아니라 윤리적인 속성을 강조하고자 하였다.

---

74) 이경구, 「조선후기 안동 김문의 의리관」, 137쪽, 『조선시대사학보』 64, 2013.

V.
19세기 초, 김이익 유배 시가의
특징적 국면과 의미

유배 체험을 토대로 해서 창작된 사대부의 한시나 가사, 시조 등의 작품의 저변에는 충신연주의 정서가 흐르고 있다. 이 충신연주지사의 전통은 주로 국문시가의 경우에 가사 장르에서 좀 더 심도 있게 나타난다. 특히 조선 후기의 경우에 유배 경험을 토대로 하여 창작되는 시조 작품의 경우는 거의 찾아보기가 힘들 정도이다. 이러한 점을 고려하면, 김이익이 유배가사와 유배시조를 동시에 창작하고 두 장르 사이에서 의미적인 상관성이 드러난다는 점을 주목할 만하다. 시상의 전개를 바탕으로 한 내용의 일관성이라는 측면에서 보면 가사인 〈금강중용도가〉에서 더 많은 시사점을 던져 준다.

시가사의 전개에서 유배가사는 작자가 '유배'를 어떻게 작품 내부로 수용했느냐 하는 점에서 탐색되어졌다. 왜 유배를 갔느냐 하는 인과를 중심으로 시상을 전개하면 유배의 원인자에 대한 작자의 정서적 대응이 작품을 구조화하는 가장 중요한 요인이 된다. 그리고 이때 연군이나 사군(思君)의 일이 가장 핵심적인 제재가 된다. 반면에 유배의 인과율로부터 벗어나면 유배의 과정이나 유배의 경험 혹은 다른 서사적인 이야깃거리들을 비중 있게 표현하고 서술하게 된다. 또한 유배의 인과율이 임금과의 관련성이 매우 적거나 비전통적인 관계망 안에 놓여 있을 때도 작자는 다른 선택을 하게 된다. 이러한 경우에는 어머니를 그리워하는 극진한 마음을 드러낸다거나 아니면 유배지에서 겪는 어떤 실제적인 이야깃거리를 드러낸다. 즉 유배라는 정치적 자장을 삶 속에서 어떤 방식으로 수용하느냐의 문제가 중요하다고 볼 수 있다.

〈금강중용도가〉는 정치 세력이나 정치 운영의 방식이 급변하는 시기에 쓰인 작품이다. 정조 말엽의 정치적 상황을 토대로 해서, 정조의 죽음과 벽파 세력의 부상이 맞물려 있는 시기였다. 실제 왕권이 급속하게 약화되고 김이익과 같은 시파 세력은 정치적으로 수세에 몰렸다. 이 작품은 그러한 시대적 변모를 전제한다고 볼 수 있지만, 작자는 이러한 외부적 환경의 변화를 적극적으로 작품 내부로 가져와서 표현하지는 않았다. 그보다는 사대부의 전통적인 수기적 방식을 통해서 자신의 정당성을 입증하고 또한 그 점을 시가 창작을 통해서 외부로 드러내고자 했다. 작자는 작품을 써 내려가는 과정에서 사대부 관료이자 유배자로서 자신의 정체성을 지키고 있었지만, 자신의 유배 생활이나 체험을 형상화하는 과정에서 전대와는 결이 다른 특징적인 국면들을 드러내기도 하였다.

이 작품은 전 시기 유배가사와 연속되는 지점이 있지만 그 궤도에서 벗어나고 있기도 하다. 가장 눈에 띄는 점은 유배의 여정과 유배지의 상황에 대한 구체적인 서술이 드러나고 있지 않다는 것이다. 유배지의 물리적인 환경이나 실생활의 고통에 대한 사실적인 묘사는 극히 축약되어 있다. 우리는 이 작품을 통해서 남해 고도였던 진도의 19세기 벽두의 모습이나 진도 사람들의 생활을 엿볼 수가 없다. 이러한 점은 조선후기 유배가사의 사실적·서사적 경향성과는 어긋나 있다. 오히려 화자는 유배자로서 유배지에서 실행했던 가장 중요한 작업에 집중했다. 그것은 실제로 김이익이 유배 기간 6년 동안 몰입했던 일이기도 하다. 즉 책을 읽고, 그 책의 내용을 자기 나름으로 해석하고 그것을 토대로 요약하고 자기 관념화하는 것이었다. 후자의 작업이 바로 도설을 만드는 것이다. 조선시대에 경전에 대한 도설이 유행했던 것은 복잡하고 심오한 유교 경전의 핵심 내용을 그림으로 도표화해서 추상적인 이해를 돕고 분명한 인식에 도달하기 위해서였다. 작자는 중용을 읽고 중용도를 그리고 그것으로도 모자라 마음으로 깊이 추동해서 노래를 불렀다. 그리고 이 과정을 작품 속에서 집중적으로 거론하였다.

그러므로 실제 본사의 후반부가 시작되는 본사 7부터 이 작품이 시작되어도 그리 어색하지 않다. 유배 여정을 압축 제시한 본사 7 이후에 시작되는 본사 8부터 결사까지는 결국 독서 행위와 수기에 집중하고 있다. 또한 후반부의 서술은 화자의 행동을 중심으로 계기적이고 순차적으로 연결된다. 반면에 전반부는 후반부를 위한 사회적, 정치적 맥락을 만들어내고 있지만 시상의 논리적 연쇄가 매끄럽지 않다. 결국 〈금강중용도가〉에서는 유배가사의 전형적인 시간의 흐름 즉, 출발, 여정, 유배지 도착, 유배생활, 해배 기원으로 이어지는 서술이 나타나고 있지 않다. 작자는 장면과 장면의 이어짐을 정연한 시간 질서에 의지하지 않고, 화자 본인이 주목하는 장면을 확대하였다. 연구자에 따라서 조선후기 유배가사는 서사적인 성격을 띤다고 보는데, 그것은 서술에서 계기적이고 순차적인 시간상이 드러나기 때문이다. 그러나 〈금강중용도가〉에서는 작자가 주관적으로 선택하고 확장한 공간과 시간이 주로 설정되고 있다. 이 점에서 〈금강중용도가〉는 유배가사이지만, 기존의 전대(前代) 유배가사와는 다른 시상 전개를 보여주고 있다. 결과적으로 〈금강중용도가〉는 흔히 유배가사를 짓는 사대부 작자가 따라왔던 창작의 경로의존성으로부터 벗어나고 있다. 동시에 이것은 유배가사의 전형성으로부터 탈피하고 있는 것이라 할 수 있다.

〈금강중용도가〉에는 화자가 주로 일상의 한 국면을 집중적으로 거론하고 있으므로 유배가사에서 나타났던 기행가사적인 성격도 거의 없다. 여행이나 유람, 혹은 관람의 성격이 없고 새로운 세계와의 만남도 없다. 그것보다는 화자 내면의 문제나 이념으로 몰입하는 경향성이 강해졌다. 화자의 서정적 감응을 드러내는 쪽으로 흐르기보다는 자신의 이념을 선명하게 밝히는 의식적 경향으로 나타나고 있다. 이것은 감각이 감정보다는 의식으로 전화되고 있는 것이다. 작자의 내면적 지향 역시 감각이나 감정의 차원이 아니라 이성이 개입된 공적인 영역으로 확대되었다. 결국, 작자는 〈금강중용도가〉의 창작을 통해서 관로에서 소홀히 여겼던 중용적 세계관을 구현하고 그것을 자신의 존재성을 확인하는 바탕으로 삼았다. 그러므로 이 작품은 서술의 과정에서 일면 사대부 유배가사의 전형적인 모형에서는 벗어나 있지만, 그 내부의 의식 기저에서는 사대부의 정체성을 유지하면서 강한 이념성과 정치성을 띠고 있다. 이 점은 18세기 후반 이후 창작되는 동시대의 유배가사가 계급적인 성격이 약해지는 측면이 있는 것과는 달리 오히려 사대부적인 정체성을 강화시키고 있다고 볼 수 있다.

유배의 경험이 개인적인 정서 반응의 차원에서 형상화된 것이 유배시조였다. 가사에 비해서 시조에서는 김이익이라는 작자의 내면이 좀 더 색채감 있게 드러난다. 김이익의 유배시조에는 늙고 병들고 정치적으로 실각한 사대부 자아가 드러나 있었다. 그는 19세기 벽두라는 창작의 시간 속에서 엄혹한 정치적 시련을 맞았으며 유형지에서도 해배를 기대하기 어려웠다. 적대적인 정권은 시파 및 남인 세력을 숙청하면서 권력 기반을 공고히 해 나가고 있었고, 그가 기댈 수 있었던 가문 역시 힘을 쓸 수 없었다. 〈금강중용도가〉를 보면 낯선 땅에서 겪는 현실적 고통도 적지 않았다. 아무리 경전 독서에 몰입하려고 해도 통곡하는 심정이 되어 피눈물을 흘리는 극단의 정서 상태에 이르기도 했다.[75] 해배의 희망은 요원하고 작자 스스로 인정할 수 없는 죄명은 여전히 유효했다. 이러한 실존적 상황 속에서 작자는 상실감과 좌절감을 느끼고 그것에 수반하는 슬픔과 분노를 체감했다.

---

75) 〈금강중용도가〉 금강 두 주 가져다가 칙마다 제목ㅎ야 金剛二字持來 隨册以此題目/ 이 내 무움 붓쳐 두고 씨나 자나 보려터니 此吾心寓置 寤寐欲見/ 동지둘 넘오일의 천극을 더으시니 冬至月念五日 荐棘加之/ 이원은 브려 두고 황숑ㅎ기 그지업닌 哀冤抛置 惶悚罔涯/ 글볼 무움 아조 업셔 침셕의 위돈ㅎ니 看書之心全無 寢席委頓/ 죽고 살기 하놀이니 브려 두고 보려니와 死也生也天也 棄置而見矣/ 이 죄명 못씨스면 조션의 엇지 뵈리 此罪名未洗 何以見祖先

김이익의 유배시조에서 화자는 자신이 대면하는 낯선 유배지의 세계를 인식하고 자신의 정서를 표출했다. 작품 속에서는 늙음에 의한 상실감과 정치적 실각에 의한 좌절감이 기저를 이루고 있었다. 상실은 가지고 있던 것을 잃어버렸을 때 느끼는 감정이고, 좌절은 이루려고 했던 것을 방해받았을 때 느끼는 감정이라고 할 수 있다.[76] 작품 속에서는 자연스럽게 젊음을 잃은 노년의 작자가 노래하는 탄식이 드러났다. 동시에 세상으로 나갈 수 있는 통로였던 왕에 대한 그리움과 그 왕의 서거에 대한 좌절감이 함께 표출되고 있었다. 그러나 탄로류의 시조에서도 노년의 자탄이 절도를 잃지 않으면서 노년의 변화를 수용하는 성숙함을 보여 주고, 연군류의 시조에서도 님을 향한 일방적인 연모의 감정만이 표출되지 않았다. 이것은 유학적인 감성 세계로서 정감 표현의 지나침을 경계하고 조절했던 것이다.[77] 작자는 유배시조 속에서 주관적인 감정을 자연스러운 일상어를 사용하면서 드러냈는데 그 과정에서 마음의 중용을 잃지는 않았다.

작자가 주관의 정서를 흔연히 드러내는 이러한 시적 태도는 18세기 이래로 경화사족 시조 작품 속에서 지속적으로 드러나고 있었다.[78] 노년에 걸맞은 안정된 정서를 기반으로 하면서도 조선후기

---

76) 김경호, 「슬픔은 어디에서 오는가 – 신체화된 마음을 중심으로」, 139~141쪽의 논의를 인용 및 참조, 『철학탐구』 31집, 2008.

77) 김경호, 「유학적 감성 세계와 공감」, 『감성연구』 1, 95쪽 참조, 전남대학교 호남학연구원, 2010.

78) 남정희, 「18세기 경화사족의 시조 향유와 창작 양상에 관한 연구」, 이화여자대학교 박사학위논문, 2002.

사대부 유배 시가의 궤도에 있었던 김이익의 소작에서도 가장 여실
한 시적 지향은 연군 의식이었다. 유배문학 텍스트에서는 일반적으
로 작자가 님에 의해서 유배형을 당한 것이기 때문에 자신의 죄를
인정하지 않으면, 님의 행위가 정당하지 못한 것이 된다. 그러나 신
하로서 화자는 작품 내외부에서 님의 행위를 정치적·도덕적으로
공격할 수 없고, 오히려 님의 자질과 행동을 옹호하고 찬양해야 하
는 딜레마 상황에 놓인다. 이런 딜레마 상황을 해소하기 위해서 작
품 속에서 작자는 자신의 부족함을 드러내어 탄식하거나 혹은 님의
의지와 총명을 가리는 측근을 비판한다. 전자가 유배의 원인을 자
신에게 돌리는 행위라면 후자는 외부로 돌리는 것이다. 이러한 딜
레마는 님이 작자의 운명을 결정짓는 실질적인 권력자일 때 생성된
다. 그런데 김이익의 창작 현실을 살펴보면, 작품 속에서 김이익이
그리워하는 두 명의 왕은 모두 실질적인 권력자가 아니었다. 선왕
인 정조는 이미 서거하여 존재하지 않았고 현왕인 순조는 친정을
행하고 있지 않았다. 그래서 이 두 명의 님은 실질적인 권력이 아니
라 정치적인 상징이었다.

　조선시대 군주의 경우 실질적인 권력과 정치적인 상징이 서로 분
리되지 않고서 서로 교묘하게 융합되어 있었다. 군주에게 그 같은
권력의 두 가지 측면이 다 갖추어져 있었던 것이다. 경우에 따라서
실제 실질적인 권력이라는 측면이 강해질 때는 상대적으로 정치적
인 상징이라는 측면이 미약해지기도 한다.[79] 그런데 어린 왕 순조

---

79) 김석근, 「조선시대 군신 관계의 에토스와 그 특성」, 102쪽, 『한국정치학회보』 29집

의 경우에는 정순왕후의 수렴청정기에 실질적인 권력을 소유하지
도 못했고, 상징으로서의 역할도 제대로 수행하지 못했다. 그러므
로 여기에서 정치권력의 정당성을 담보해 주는 상징은 오히려 선군
(先君)인 정조였다. 이 시기에 정순왕후를 중심으로 한 벽파의 실질
적인 권력자들 역시 자신들의 정치적 행위의 정당성을 정조에게서
찾았다. 김이익의 경우에 반역으로 몰린 유배자의 처지에 있었으므
로 더욱 선왕의 정치적인 상징에 몰입했을 것이다. 정조는 이미 현
실에서 대립하고 갈등할 수 없는 존재였고, 오히려 그로부터 자신
의 삶의 존재 근거를 끌어내야 하는 대상이었다. 그래서 작자는 정
조의 권위와 도덕률에 의거해서 자신의 삶이 가진 의미를 재구성하
고 그것을 통해서 대사회적 발언을 시도할 수 있었던 것이다.[80] 선
왕에 대한 연모는 정조로 상징되는 합당한 정치적 의리를 잊지 않
고 따르는 태도였다. 그러므로 작품에서 드러나는 연군의 목소리는
그의 정치적인 복권과 재기를 위해서도 필요했을 것이다. 그리고
이 정치적 욕망은 유배지 금갑도에 와서도 수그러들지 않았다. 이
러한 김이익이 생각한 군신 관계의 이상적인 모습은 작품을 통해서
잘 드러나고 있다.

1호, 한국정치학회.

80) 김이익은 정조가 돌아가신 후에도 조선 땅에서 나타나는 풍년과 역병의 퇴치, 그리
고 모든 백성들에게 나타나는 덕화도 모두 선왕의 밝은 영으로부터 온 것이라고
노래했다. 豊年(풍년)은 히마다 들고 輪行癘疫(륜힝녀역)은 아조 가니/朝鮮國(됴
션국) 百萬生靈(빅만싱녕)이 새 德化(덕화)룰 歌詠(가영)ᄒᆞ다/너희는 先王明靈(선
왕명녕)이 돕ᄌᆞ오셔 그런 줄노 아라스라 (10번)

속깁흔 姜太公(강태공)의 낫기질 法(법) 異常(이샹)ᄒ다
쏫쏫흔 바늘을 미늘업시 滄波(챵파)의 더져 잇ᄂᆡ
그러나 西山孤竹(셔산고듁) 묽은 바룸의ᄂᆞᆫ 밀녀갈가 ᄒᄂ노라

(39번)

위 39번 작품에서 화자는 군신 관계에서 어떤 태도를 가장 이상적으로 생각하는지를 강태공과 백이, 숙제의 고사를 통해서 드러냈다. 초장과 중장에서 제대로 된 왕을 만나기 위해서 위수에서 빈 낚싯대로 낚시질을 하던 강태공의 이야기를 먼저 서술하였다. 그리고 종장에서는 청의(淸義)와 관련해서 현실주의를 따랐던 강태공보다 인륜의 불변을 강고하게 지켰던 백이와 숙제를 더욱 상찬하고 있다. 김이익은 시류를 잘 알아서 정치적으로 성공하였던 강태공보다 도덕적 이상을 강고하게 지켜야 된다는 신념을 가지고 있었던 고죽국의 왕자 백의와 숙제의 행동을 더욱 높게 평가했다. 또한 그것을 맑은 바람으로 보고 그 맑은 바람이 강태공을 밀어낼 것이라고 하였다. 현실의 논리가 이상이나 규범의 엄중함을 이길 수 없음을 밝혔다고 보인다. 유배자로서 자신이 겪는 고통도 이러한 당위적으로 지켜야 할 것을 지킴으로써 겪게 된 것으로 인식했다.

결국 작자는 군신 관계에서 명분론적인 태도를 보였던 백이숙제[81]와 동일한 도덕률을 드러내고 있었다. 그러므로 유배시가 작품 속에서 표현되는 군신 관계는 불변의 의리로써 맺어지는 것이었다.

---

81) 김석근, 같은 논문 116~117쪽 논의 참조.

이때 군주와 신하는 운명공동체적인 성격을 지니게 되고, 군주와 신하의 관계는 아버지와 자식의 관계로 전환될 수 있었다. 이러한 군신 관계와 사회질서에 대한 명분론적인 사고와 태도는 외부 세계를 인식하고 그것을 통해 만들어지는 정서에도 영향을 미쳤다. 인간과 세계를 파악하는 작자의 신념 체계는 개인의 감정 발생의 중요한 근거가 되었던 것이다.[82)

결국 김이익은 개인의 정서적 순간에 주목하는 유배시조에서도 유배지에서의 고난의 일상보다는 유자적 삶에 더 초점을 맞추고 있었다. 고난의 현실을 드러내기보다는 관념과 당위에 더 주목한 것이었다. 그러므로 작자는 유배지의 물리적 환경이나 자연물을 소재로 하는 작품을 많이 창작하지 않았다. 더불어서 유배지에서 경험하는 낯선 풍속이나 바뀐 삶의 조건을 예리하게 드러내지 않았다. 사회적으로 경계의 발언을 하게 되었지만 화자의 성찰은 주자학적이고 명분론적인 윤리에 머물러서, 그것으로 해명할 수 없는 사회 구조적 모순과 인간관계의 본질적 문제를 작품 속에서 깊이 있게 드러내지 못했다. 세계 인식의 한계를 드러낸 것이다. 이것은 작자가 현실보다는 여전히 당위에 몰입하는 자아를 보여 주었기 때문이

---

82) 신념 체계는 자아와 세계에 대한 기억과 정보를 저장하고 조직하는 구성체로서, 외부의 자극을 선택적으로 지각하고 해석하는 기능을 수행한다. 신념체계는 개인이 가진 세계관, 가치관, 삶의 규칙 등으로 이루어져 있으며, 당면 상황에 대한 해석 평가는 이러한 신념 체계와의 연관 속에서 진행된다. 로티(A.O. Roty)는 감정을 제대로 이해하기 위해서는 주체가 인지하지 못하는 감정 발생의 넓은 맥락을 검토해야 한다고 주장한다. 예를 들어, 개인이 가지고 있는 성향(dispositions) 역시 감정 발생의 중요한 근거가 된다는 것이다. 이승환, 「주자 '분노'관의 도덕심리학적 고찰」, 206쪽, 『동양철학』 40집, 동양철학회, 2011.

다. 외부 사회와 인물에 대한 공감 역시 사대부 관료로서 소유하는 유교적 감성의 연대 정도로 남아 있었다. 결과적으로 부당한 현실과 지켜지지 않는 가치에 대한 분노인 수오지심의 발현으로까지 진전되지 않았다. 그러므로 이러한 한계를 벗어난 시적 인식과 창작은 다음 세대의 비판적 사대부 작가의 몫으로 남겨졌다.

VI. 맺음말

　이 글에서는 김이익의 가사인 〈금강중용도가〉와 다수의 유배시조를 대상으로 삼아 18세기 말~19세기 초 사대부 유배시가의 내용과 특징적인 국면이 어떠했는지를 탐색해 보았다.

　유배가사인 〈금강중용도가〉를 분석하는 과정에서는 의미를 만들어내는 구조적 틀을 점검해 보고 연군의 맥락을 살펴보았다. 먼저, 의미 단락의 분석을 통해서 시상이 구축되어 가는 과정을 상세하게 분석하였다. 특히 작자가 유배라는 엄혹한 환경 속에서 노래를 통해서 지향하는 공적인 가치와 세계가 무엇인가를 제시해 보았다. 연속하여 『금강영언록』 소재 유배시조를 대상으로 하여서 논의를 전개하였다. 유배시조는 작자가 처한 정치현실적인 문맥을 고려해서 화자의 정서적 반응을 주로 고찰했다. 유배시조의 창작을 통해서 드러나는 유배 체험의 양상을 분석하고 그 의미를 짚어 보았다. 작자는 노년의 유배자가 감응하는 내면의 정서를 표출하면서도 동시에 외부 사회에 대해서 지속적인 관심을 드러냈다. 노년의 상실감과 자아 통합, 세태의 비속함, 일상생활의 권면, 연군과 훈민에 이르기까지 다양한 관심사를 시적 대상으로 삼아서 자신의 대사회적 목소리를 키웠다. 이 과정에서 작자는 유자적인 감수성의 세계 속에서 연군의 도덕률과 명분론을 작품의 기저에 놓고 있었지만, 현실 인식의 측면에서는 한계를 보여줌을 지적하였다. 이 글을 통해서 18세기 말에서 19세기 초엽에 정치적 시련을 겪었던 작자의 시가문학적인 대응이 어느 정도 설명되었을 것으로 기대한다.

　그러나 김이익의 시가와 그의 시대를 입체적으로 이해하려면 좀 더 보완되어야 할 측면이 여전히 남아 있다. 그러므로 본 연구에서 미처 다루지 못한 점을 지적하여서 다음의 과제로 삼고자 한다. 두 가지 방향에서 연구가 좀 더 폭넓게 진행될 필요가 있다. 먼저 김이익의 저술과 시가 창작 전체를 망라하는 논의의 확대가 필요하다. 김이익은 18세기 말에서 19세기 초에 생존했던 경화벌열 시조 작가로서 전형성을 지니고 있다. 그러므로 작가와 그의 시가 창작에 대해서는 보다 포괄적인 범주에서 종합적인 논의가 진행될 필요가 있다. 김이익 소작의 철학서나 한시 작품들을 검토하여서 시가 작품 속에 드러나는 의미망을 정교하게 분석할 필요가 있다. 동시에 세 번의 유배를 경험했던 김이익 소작의 국문시가들 전체를 통시적인 기준을 가지고 분석하여 작품의 변모 양상과 창작의 동인을 분석하는 시도가 이루어져야 한다. 15년 남짓한 시기에 이루어진 세 번의 유배 경험과 그 결과물인 시가 작품의 검토를 통해서, 전환기적인 현실에서 보여주는 작자의 미적 대응이 무엇이었는지를 정교하게 감지할 수 있을 것이다.

　두 번째는 김이익의 귀속 가문인 안동 김문의 국문시가 창작으로 논의가 확대될 필요가 있다. 김상용, 김상헌, 김수항, 김창업 등의 중요 인물들이 모두 국문시가나 국문 실기 등을 남기고 있다. 이 가문이 겪은 정치적 풍파는 문학적 형상화를 위한 풍성한 소재가 되고 있기도 하다. 이러한 가문의 문예적인 전통에서 시가 창작의 의도나 방법론에 대한 세밀한 논의가 전개될 필요가 있다. 이러한 통시적 문맥에 대한 이해가 확대된다면 김이익의 작품에 대한 해석도 보다 입체적이 될 수 있다. 그리고 이러한 연구 작업이 보완된다면, 18세기 이후 사대부 시가사의 구도에서 확인되는 다양한 층차를 밝히고, 조선후기 시가사의 변곡점을 이해하는 더욱 설득력 있는 실마리를 제공할 수 있을 것이다.

부록 ❶
금강중용도가(金剛中庸圖歌)

어화 독셔 군ᄌ들은	於話讀書君子輩
이 내 말ᄉᆞᆷ 드러보옵	此吾言之聽見
세샹의 삼긴 글이	世上所在書
만흠도 만홀시고	多乎多乎哉
ᄉᆞ셔오경 졔ᄌ빅가	四書五經諸子百家
그 엇지 다 닑을손가	其何以盡讀哉
날ᄀᆞᆺ흔 무식흔 것	如我無識物
쳔ᄌ문 동몽션습 ᄶᅥ힌 후의	千字文童蒙先習畢後
셔산[1] 펴고 닑은 글이	展書算讀之書
아마 열권 못다 되니	且不過十卷
표동인 부동인 췩문동인[2]	表東人賦東人策問東人
이 밧긔는 다시 몰나	此外不復知

---

1) 서산(書算): 글을 읽은 횟수를 세는 데 쓰는 물건으로, 봉투처럼 만들어 겉에 홈을 내어서 접을 수 있도록 하였고 안과 밖의 색을 달리하여 접힌 부분이 쉽게 눈에 띄게 하였다. 홈은 대개 열 개를 내며 접은 눈금을 헤아려 글을 읽은 횟수를 센다.
2) 과거를 보기 위한 과문을 주로 연마했음을 지적한 것으로 보임. 고려에서 조선시대에 이르기까지 과문의 주종은 시·부·표(表)·책(策)·의(疑)·의(義)로 흔히 '과문육체(科文六體)'라고 불렸다.

이렁져렁3) 쳥츈시절	此樣彼樣靑春時節
어름 우희 박미둧 밋근동 지내치니	冰上推瓢滑滑過
이도 임의 애닯거든	此已可恨
쥬ㅅ쳥누 투젼쟝긔 그 쏘 무슴 즛시런가	酒肆靑樓投錢張其又何等
	所爲
빅슈쟌년4) 되년후의	白首殘年後
위리5) 속의 드러안져	圍籬裡入坐
지논 일 회탄훈들	過去事悔歎
긔 뉘 알고 긔특달가	其誰知而奇特云
즁용셔 훈 권칙을	中庸一卷冊
멋히만의 다시 보니	幾年後更見
어화 이 칙이야	於話此冊
됴홉도 됴홀시고	好哉好哉
공ㅈ님 ㅎ오신 말솜	孔子主所言
ㅈㅅ삐 지으시고	子思氏述之
ㅈㅅ삐 지은 글을	子思氏所述書
쥬ㅈ긔셔 쥬롤 내셔	朱夫子出註
네샹 일과 네샹 말의	例常事例常言
셩현도덕 다 실녓니	聖賢道德俱載
셩현을 비호랴면	聖賢欲學之

---

3) 이렁저렁: 이럭저럭.

4) 쟌년(殘年): 여생.

5) 위리(圍籬): 유배된 죄인이 거처하는 집의 둘레에 가시로 울타리를 치던 일.

이 칙 훈 권 죡히마는	此冊一卷足矣
그러나 이 셰샹 돌나보니	跎然今世上環顧
이 글 스승 바히 업고	此書之師全無
셜녕 사라 나간단들	設令生而出去
긔 뉘 즐겨 フ른칠가	其誰肯敎之
어화 내 스승은	於話吾之師
공즈쥬즈 두 분일다	孔子朱子兩分
큰 스승 공부즈는	大師父孔夫子
회인불권[6] 호오시고	誨人不倦
져근 스승 쥬부즈는	小師父朱夫子
기단취쟝[7] 호시느니	棄短取長
됴문셕스[8] 이내 원을	朝聞夕死此吾願
두 분밧긔 알니 업닉	兩分外無知者
정성이 감통호면	精誠感通
고금이 무간호니	古今無間
일노 두고 볼작시면	以此觀之
됴셕시좌[9] 다룰손가	朝夕侍坐異乎哉

---

6) 회인불권(誨人不倦): 『논어』, 「술이(述而)」에 나오는 말이다. 공자는 "묵묵히 마음에 새기며, 배우고서 싫어하지 않으며, 사람을 가르침에 게으르지 않는 것, 이것들 중에 무엇이 나에게 있으리오. 默而識之하며 學而不厭하며 誨人不倦이 何有於我哉요"라고 하였다.

7) 기단취장(棄短取長): 인재의 등용 방식으로 단점을 버리고 장점을 취하는 것.

8) 조문석사(朝聞夕死): 아침에 참된 이치를 들어 깨달으면 저녁에 죽어도 한이 될 것이 없다는 말. 『논어』, 「이인편(里仁篇)」.

9) 시좌(侍坐): 임금이 정전(正殿)에 나갔을 때에 세자가 옆에서 모시고 앉던 일.

어화 동포 형뎨들은	於話同胞兄弟輩
이 내 말숨 조셰(仔細) 듯소	此吾言之詳聽
이 말 져 말 ᄒᆞ여나니	此言彼言爲之
훗갓 글말쑨 아니로쇠	不但書言而已
앗가올샤 두 분 스싱	惜哉兩分師父
여천무궁10) 못ᄒᆞ오셔	與天無窮不得
셰샹을 ᄇᆞ리선지	世上棄之
이제 몃 ᄒᆡ 되엿는지	今爲幾年
앗가 빅년 즉금 쳔년	俄者百年卽今千年
아춤 쳔년 져녁 만년	朝而千年夕而萬年
섬겁기도 섬거오며	恨然又恨然
한심홈도 한심ᄒᆞ다	寒心復寒心
녁디흥망 그 중간의	歷代興亡其中間
이젹조차 섯기이고	夷狄亦此混之
영웅호걸 만컨마는	英雄豪傑多矣
진유쎄는 바히 젹의	眞儒氏太少
젼국풍우 긴긴 밤의	戰國風雨長長夜
일지치화 잠간 피고	一枝彩花暫開
한당오계11) 틋글 속의	漢唐五季塵埃中

---

10) 여천지무궁(與天地無窮): 천지와 더불어 끝이 없다는 뜻으로, 사물이 영구히 변하지 않고 영원함을 비유적으로 이르는 말.

11) 오계(五季): 다섯 왕조가 자주 갈린 계세(季世)라는 뜻으로, 중국 후오대(後五代)를 이르는 말. 중국에서 당나라가 멸망한 907년부터 송나라가 일어난 960년까지의 사이에 흥망한 다섯 왕조. 곧 후당, 후량, 후주, 후진, 후한.

지남거12)도 간 더 업늬	指南車無去處
호원13)건곤 일 것 삐셔	胡元乾坤艱洗
대명일월 너모 쉬외	大明日月太忙
피발좌임14) 다시 오니	彼髮左衽復來
져 모양을 보아 주소	彼貌樣見之
취흔 하늘 뉘 씨올고	醉天誰醒之
황하슈도 보기 슬히	黃河水厭見
내 머리롤 놉히 들고	我頭高擡
스싱님 간 곳이니 보려 ᄒ니	欲見師父去處
뉘라셔 힘[심]것던지	誰之植也
가시 덩굴 참쳔15)ᄒ고	荊棘叢參天
북풍 속의 비린내는	北風裏腥膻臭
눈 써 볼길 아조 업다	眼無開路
힝단상 칠현금16)은	杏壇上七絃琴
뉘 집의 가 이시며	去在誰家
빅녹동17) 함쟝셕은	白鹿洞函丈席

---

12) 지남거(指南車): 옛날 중국 수레의 하나. 수레 위에 신선의 목상(木像)을 얹고, 그 손가락이 달리는 방향과 관계없이 늘 남쪽을 가리키도록 만들었다.

13) 호원(胡元): 원조의 낮춤말. 북쪽 오랑캐의 뜻.

14) 피발좌임(被髮左衽): 머리를 풀고 옷깃을 왼쪽으로 여민다는 뜻으로, 미개한 나라의 풍습을 이르는 말.

15) 참천(參天): 하늘을 찌를 듯이 공중으로 높이 솟아서 늘어섬.

16) 행단상칠현금(杏壇上七絃琴): 칠현금은 일곱 줄로 된 고대 현악기의 하나. 오현금에 두 줄을 더한 것이다. 행단은 '은행나무 밑 교단'이란 뜻으로 공자가 제자들을 가르치고, 더불어 노래도 했으며, 손수 칠현금을 연주했던 장소로 유명하다.

17) 주자가 백록동서원(百鹿洞書院)에 학생들을 모아 도학(道學)을 가르칠 때 만들었

어느 곳의 쩌러진가	落于何處
삼쳔졔ᄌ[18] 어디 간고	三千弟子何去
억만싱녕[19] 취몽[20]닐다	億萬生靈醉夢裏
채셔산[21] 진셔산[22]은	蔡西山眞西山
흥황[23]업시 셔산의 누어시니	無興況西山臥
셩인의 이ᄀᆞᆺ튼 글	聖人如此書
긔 뉘 다시 ᄎᆞ줄손가	其誰更尋之
어화 고마올사	於話感謝
어질기도 측냥업다	仁兮無測量
ᄌᆞ미궁[24] 화개 알희	紫微宮華蓋下
고명ᄒᆞ오신 옥황샹뎨	高明玉皇上帝

던 윤리적인 실천규범이 바로 백록동규이다.

18) 공자의 제자가 삼 천 명이 넘었다고 한다. 공자가 30대 초반에 제자를 처음으로 받기 시작한 무렵 그중에서 뛰어나는 제자 72명을 72현이라고 한다. 행단에서 이 제자들에게 가르침을 주었다고 한다.

19) 생령(生靈): ① 살아 있는 일반 국민. ② 살아 있는 넋이라는 뜻으로, '생명(生命)'을 이르는 말.

20) 취몽(醉夢): 술에 취하여 자는 동안에 꾸는 꿈.

21) 채서산: 채원정. 채원정은 송나라 건양 사람으로 주자와 교류하며 역학에 밝았다. 채원정은 주희의 문하생이었다기보다 매우 아끼고 친하게 여기던 학우였다는 편이 더욱 맞아 보인다. 채원정은 음악이론서인 『율려신서』를 저술하기도 하였다.

22) 진덕수(1178~1235): 송나라 건녕부(建寧府) 포성(浦城) 사람. 자는 경원(景元) 또는 희원(希元)이고, 호가 서산(西山)이다. 주자학파(朱子學派)의 학자로, 그가 저술한 『대학연의(大學衍義)』는 『대학장구(大學章句)』에 비견한다는 평을 들었다.

23) 흥황(興況): 흥미 있는 상황.

24) 자미궁(紫微宮): 큰곰자리를 중심으로 170개의 별로 이루어진 별자리. 태미원(太微垣)·천시원(天市垣)과 더불어 삼원(三垣)이라고 부르며, 별자리를 천자(天子)의 자리에 비유한 것이다.

우리 사롬 위ᄒᆞ오셔	爲吾人
도통부젼 근심ᄒᆞ샤	道統不傳憂之
만국을 술펴 보시니	萬國察時
동방이 기안ᄒᆞᆯ식	東方開眼
조화옹을 분부ᄒᆞ샤	分付造化翁
셩셩옹25)과 ᄒᆞᆫ가지로	惺惺翁與之
맑은 어름 담는 빅옥호를	貯淸冰之白玉壺
쳔하슈26) 샹샹류의 벗고 ᄯᅩ 벗셔내야	天河水上上流洗之又洗出
슈ᄉᆞ27)의 조종슈와	洙泗祖宗水
념낙28)의 연원슈룰	濂洛淵源水
이 병 속의 ᄒᆞᆫ듸 담아	此瓶裡並盛
동ᄒᆡ슈 고이 건너	東海水穩涉
고려말 됴션초의	高麗末朝鮮初
팔노강산의 고로로 ᄲᅲ려시니29)	八路江山均酒之

---

25) 임영이 지은 한문소설 〈의승기〉에 나오는 인물. 〈의승기〉의 주인공은 천군으로 마음(心)을 의인화한 것이다. 그리고 천군 아래에 등장하는 인물 가운데에 충신형 의 인물로 성성옹과 맹호연 등이 있다.

26) 천하수(天河水): 육십갑자의 병오·정미에 붙이는 납음(納音). 병정화(丙丁火)는 오미(午未)에서 왕성해지는데, 화열(火熱)이 지나치면 하늘에 먹구름이 일고 큰비 가 내린다는 뜻이다.

27) 수사(洙泗): 수수와 사수. 모두 강 이름으로 공자가 이 근처에서 제자들에게 도를 가르쳤으므로, 공자의 문하라는 뜻으로 쓰임.

28) 염낙관민지학(濂洛關閩之學): 염계의 주돈이, 낙양의 정호와 정이, 관중의 장재, 민중의 주희가 제창한 유교로 송학. 정주학.

29) 공자의 문하를 조종으로 해서 주돈이와 정자의 연원을 옥호에 담아서 동해를 곱게 건너 여말선초로 이어졌다. 즉, 공자의 도가 송학을 거쳐서 그 도통이 조선의 인물 에게로 이어졌음을 말한다.

뎡포은 돈녀가신 후	鄭圃隱行過後
아국명현 멧멧힌고	我國名賢幾許
문명죵긔[30] 극진ᄒᆞ고	文明鐘氣極盡
도혹쳔명 우희 업니	道學闡明無右
긔ᄌᆞ의 팔죠교롤	箕子八條敎
쇼즁화의 다시 ᄇᆞᆰ혀	小中華復明之
인인의관 졔졔ᄒᆞ고[31]	人人衣冠濟濟
가가현숑[32] 양양커ᄂᆞᆯ	家家絃誦洋洋
하믈며 녈조의 슝유즁도	況列祖之崇儒重道
젼가심법 ᄌᆞ별ᄒᆞ다	傳家心法自別
믈셩즉 필쇠ᄒᆞ니	物盛則必衰
슌환쳔니 면홀손가	循環天理免乎哉
화양동 후쥬ᄌᆞ[33]가	華陽洞後朱子
도라가신 빅여년의	歸去後百餘年
즉금 엇던 분이	卽今何如分
그 덕젼을 니엇는고	其嫡傳承之
고관박디 됴흔 의표	高冠博帶好底儀表
쟝읍[34]규보[35] 어룬 힝지	長揖規步長者行止

---

30) 종기(鍾氣): 정기(精氣)가 한데 뭉침. 또는 그 정기.

31) 제제하다(濟濟): 삼가고 조심하여 엄숙하다.

32) 현송(絃誦): ① 거문고를 타면서 시를 읊음. ② 부지런히 학문을 닦고 교양을 쌓음을 비유적으로 이르는 말.

33) 우암 송시열을 일컬음.

34) 장읍(長揖): 두 손을 마주 잡아 눈높이만큼 들어서 허리를 굽히는 예.

35) 규행구보(規行矩步): 행보가 법도에 맞는다는 뜻. 곧, 품행이 방정함.

응당 만이 겨시련마는	應當多在
내 못뵈와 혼이로쇠	吾未見之恨矣
필부의 공부란 더져 두고	匹夫工夫捨置
졔왕의 혹문을 말슴ᄒᆞ시	帝王學問言之
당뇨삐 우슌삐 하우삐ᄂᆞᆫ	唐堯氏虞舜氏夏禹氏
졔졔군룡 드리시고	濟濟群龍與之
은왕 셩탕36)겨오셔ᄂᆞᆫ	殷王成湯
신야일민37) 겻희 두오시고	莘野逸民置諸傍
듀문왕 무왕 두 분은	周文王武王兩分
듀공 쇼공 좌우ᄒᆞ여	周公召公左右之
윤집궐즁38) 네 ᄌᆞ 글노	允執厥中四字書
천하태평 닐위시고	天下太平致之
녜악문물 ᄀᆞ촌 연후	禮樂文物備然後
다시 ᄒᆞᆯ 일 젼혀 업ᄂᆡ	更爲之事全無
일ᄌᆞ 그 후 몃 님금은	一自厥後幾許君
류련39)황낙 ᄯᆞ름일다	流連荒樂而已矣
어화 드르시옵	於話聽之

---

36) 은의 탕왕. 일반적으로 성탕(成湯)이라고 일컬음.

37) 은나라의 탕왕에게 불려 가서 재상이 되어 하의 걸왕을 토벌함으로써 은이 천하를
평정하는 데 공헌했던 이윤을 말함.

38) 『서경』의 「대우모편(大禹謨篇)」에는 다음과 같은 구절이 보인다. "인심은 위태하
고, 도심은 희미하니, 오직 정(精)하고 일(一)하여야 진실로 그 중(中)을 잡으리라
(人心惟危 道心惟微 惟精惟一 允執厥中)." 후대에 주자는 윤집궐중을 위태로운
마음을 다잡아서 평형을 이룬 상태로 보았다.

39) 유련(流連): 유흥에 빠져 집에 돌아오지 않음.

우리 선왕 졍종대왕	我先王正宗大王
동방의 셩쥐 나샤	東方聖主作
총명예지 거륵ᄒ샤	聰明叡知出常
녈셩을 계승ᄒ샤	列聖繼繩
요슌우탕 ᄯᅩ 나셧니	堯舜禹湯復出
간난험조 다 겻그샤	艱難險阻盡閱
쳔녹⁴⁰⁾을 바드시더	天祿受之
남면⁴¹⁾무락 그런 셩효	南面無樂如許聖孝
쳔고빅왕 뉘 밋츨가	千古百王誰及之
흑관쳔인 본분ᄉ로	學貫天人本分事
칙겸군ᄉ ᄌ임ᄒ샤	責兼君師自任
졍일⁴²⁾심법 다시 닷가	精一心法更修
솔셩슈도⁴³⁾ 힘쁘시고	率性修道是力
죵통대의 병집ᄒ샤	宗統大義秉執
만고강샹⁴⁴⁾ 붓드시니	萬古綱常扶之

---

40) 천록(天祿): 하늘이 주는 복록.

41) 남면(南面): 임금이 앉던 자리의 방향. 임금의 자리에 오르거나 임금이 되어 나라를 다스림을 이르는 말. 임금이 남쪽을 향하여 신하와 대면한 데서 유래한다.

42) 정일하다: 정세하고 한결같다. 유정유일(惟精惟一): 정하면 인심과 도심 사이를 살펴서 섞이지 않는 것이요 일하면 그 본심의 올바름을 지켜서 이로부터 떠나지 않는 것을 말한다. 『서경』에서 순임금이 우에게 임금을 물려주며 마음을 조심하고 살피라고 한 것에서 나왔다.

43) 『중용』 "天命之謂性이오, 率性之謂道요, 修道之謂敎니라. 道也者는 不可須臾離也니, 可離면 非道也라."

44) 강상(綱常): 삼강(三綱)과 오상(五常)을 아울러 이르는 말. 곧 사람이 지켜야 할 도리를 이른다.

그 뉘라셔 엿ᄌ와시며	其誰告之
그 뉘라셔 돕ᄌ와실가	其誰贊之
네날 셩쥬 다엿 분은	昔日聖王五六分
어진 신하 다 잇거ᄂᆞᆯ	賢臣皆有
우리 션왕 혐〔셤〕기온 신하	事我先王之臣
ᄯᅩ 므슴 일 ᄒᆞ단 말고	又何事爲之云
오군부릉 속혬 잡고	吾君不能裏計執
매쥬도명 능ᄉ 삼아	賣主盜名能事爲
일신영화 그 ᄆᆞ움의	一身榮華其心
애군홀 쟈 거의 드믜	愛君者幾希
팔자 됴화 이런 셩셰	八字好而如許盛世
제 시졀만 녀겨 두고	認作渠之時節
교목셰가 진념45)ᄒᆞ신	喬木世家軫念
이런 셩의 져ᄇᆞ리니	如此聖意孤負
홀노 닐은 셩덕 대업	獨成之盛德大業
탁월젼셩 아니신가	卓越前聖非乎哉
일일만긔46) 친찰ᄒᆞ샤	一日萬機親察
팔역군싱 평치ᄒᆞ니	八域群生平治
됴셕 슈라 틈이 업셔	朝夕水刺無暇
미양 그째룰 닐흐시고	每失其時

---

45) 진념(軫念): ① 윗사람이 아랫사람의 사정을 걱정하여 생각함. ② 임금이 신하나 백성의 사정을 걱정하여 근심함.
46) 만기(萬機): 임금이 보는 여러 가지 정무.

병침[47)의 잠간 취침	丙枕乍就寢
어니 밤의 계명젼가	何夜鷄鳴前
휘호 흔 ᄌ 올니온들	徽號一字雖上之
쳔일모화 되랴마는	天日摹畵豈爲哉
그도 아니 밧ᄌ오셔	其亦不受
평싱지통[48) 펴오시니	平生至痛伸之
셩인칭찬 ᄒ온 말이	稱讚聖人之言
인륜지지[49) ᄉᄌ러니	人倫之至四字
공ᄌ이후 다시 보니	孔子以後更見
우리 션왕 아니신가	非吾先王乎哉
문쟝은 여ᄉ[50)어늘	文章餘事
어ᄂ 틈의 이리 거록	何暇若是出常
듀무왕후 ᄭᄎᆫ 도통	周武王後已絶道統
지금 임의 몃 쳔년의	至于今幾千年
우리 왕긔 밋ᄌ와	逮于吾王
ᄯᅩ 다시 붉아 잇닉	又復明焉
당신 몸만 위홀 ᄲᅮᆫ가	奚但爲當身之身
슈유후곤[51)이 졀노 되고	垂裕後昆自然爲

---

47) 병침(丙枕): 임금이 침소에 듦. 또는 그런 시각. 하룻밤을 갑, 을, 병, 정, 무의
오야(五夜)로 나누어서 병야(丙夜)를 임금의 취침 시간으로 정한 데서 유래한다.
48) 지통(至痛): 아주 심한 고통.
49) 『맹자』「離婁章句上」"孟子曰 規矩는 方員之至也요 聖人은 人倫之至也니라."
50) 여사(餘事): 그다지 중요하지 않은 일.
51) 수유후곤(垂裕後昆): 모범이 될 만한 좋은 법도를 자손에게 남기는 일 또는 후세에
전하는 교훈을 후대 자손에게 전함.

위만세 긔너흑[52]은	爲萬世開來學
일편고심 뉘 아오리	一片苦心誰知之
문왕의 우근[53]으로	文王之憂勤
요령을 감손ㅎ샤	堯齡焉減損
스십구셰는 요롤 못면ㅎ시고	四十九歲未免稱夭
이십오년은 잠시 지위	二十五年暫時在位
망극홈도 망극ㅎ다	罔極矣罔極矣
망극혼 즁 원통혼 일	罔極之中寃痛事
년년 똠듸 본병환의	年年汗癥本病患
녜스 약은 어디 두고	例常藥何處置
져런 흉역 샹의원의	如彼凶逆常醫員
이런 괴악 독약물을	如此怪惡毒藥物
옥체샹의 쓰옵단 말	玉體上用之之說
만만고의 잇돗던가	萬萬古有之乎
그 놈으란 아직 두고	厥漢姑置
뉘라 당초 쳔거ㅎ고	其誰當初薦擧
황명됴 홍환약이	皇明朝紅丸藥
니가작의 죄쓴인가[54]	李可灼之罪而已哉

---

52) 만세를 위해서 오는 후학을 열어준다는 뜻. 『대학장구서(大學章句序)』에서 '가신 성인을 이어서 오는 후학을 열어준다[繼往聖開來學]'고 한 말과 『근사록(近思錄)』 의 '가신 성인을 위하여 끊어진 학문을 잇고 만세를 위하여 태평성대를 연다[爲去聖 繼絶學, 爲萬世開太平]'이라는 구절에서 취한 것이다.

53) 우근(憂勤): 근심과 부지런함.

54) 명나라의 태창제가 병석에 누운 뒤, 이가작(李可灼)이란 관인이 바친 붉은 환약(紅 丸)을 복용했다. 홍환 복용 후 황제가 급사하자 다시 치열한 논란이 빚어졌다. 동

이리 되온 이후ᄉ야	此而後事
더욱 홀 말 이실소냐	尤豈有可言乎
불샹홀 손 우리 선왕	不祥哉吾先王
원통홈도 원통ᄒ다	冤痛復冤痛
여상고비[55] 신민통의	如喪考妣臣民痛
쳔신의 셜음 빅비로다	賤臣之痛百倍
쵸야쳔신 이 내 몸이	草野賤臣此吾身
조년[56]의 아비 여희고	早年喪父
마흔 후 통적[57]ᄒ야	四十後通籍
이런 셩쥬 만나오니	如此聖主遭逢
아모 지조 우원 업고	某般才元無
우직으로 ᄌ허[58]ᄒ니	愚直自許
지신막여[59] 네 ᄌ 하교	知臣莫如四字下敎
ᄯ 두어 일노 포쟝[60]ᄒ샤	又以數事襃獎

림당 관인들은 시약(侍藥) 업무를 제대로 챙기지 못했다고 방종철을 공격했고, 방
종철을 옹호하는 관인들은 황제의 죽음이 홍환과는 관계가 없다고 맞섰다. 1625년
(천계 5)까지 이어진 치열한 정치적 논란을 '홍환안(紅丸案)'이라 부른다.

55) 여상고비(如喪考妣): 제 아비 어미 죽은 듯이 슬퍼하고 안달하다.

56) 조년(早年): 젊었을 때. 또는 젊은 나이.

57) 통적(通籍): 문표(門標)에 이름을 올리면 궁문(宮門)의 출입을 허락하던 일을 뜻
한다.

58) 자허(自許): 자신의 장점을 스스로 인정함을 뜻한다.

59) 지신막여(知臣莫如): '신하를 아는 이로는 임금만 한 이가 없다'는 의미인데, 이
네 글자를 하교했다는 것은 바로 선왕이 자신의 능력을 알아보고 신하로서 신뢰했
음을 증명하는 것이라 하겠다.

60) 포장(襃獎): 칭찬하여 장려함.

고든 심쟝과 춤지샹을	直心腸眞宰相
이런 몸의 허ᄒ시고	如許身許之
허위셰계의 독블연ᄒ고	虛僞世界獨不然
피츠 무당ᄒᆞᆫ ᄌᆞ지신이	彼此無當自在身
나만 밋고 둔일아신	但恃予而行之
전후 ᄉᆞ교 루루61)ᄒ샤62)	前後辭敎縷縷
ᄌᆞ식ᄀᆞ치 보시기를	如子視之
십칠년이 여일ᄒ니	十七年如一
눔 모로는 군신졔우	他不知之君臣際遇
암지싀극63) 업술손가	暗地猜克無乎
비록 이롤 짐쟉ᄒ나	雖於此而斟酌
죽어 갑기 긔약더니	死以報爲期約
뎡호룡비64) 못밧들고	鼎湖龍飛未攀
쳔실의욕65) 못ᄒ오니	泉室蟻蓐未效

---

61) 누루(縷縷): ① 실이 길게 연속한 모양 ② 가늘고 끊이지 아니하는 모양 ③ 모두
   가는 모양 ④ 세세하고 잔단 모양. 편지에 쓰는 말.

62) 전후의 가르침과 교훈이 끊어지지 않아서.

63) 시극하다(猜克): 시험하다.

64) 정호용비(鼎湖龍飛): '정호용비'란 중국 고대 황제(皇帝)가 형산 아래 정호(鼎湖)
   에서 용을 타고 승천했다는 전설에서 나온 말이다. 그 전설은 다음과 같다. 황제가
   수산(首山)의 구리를 캐어 형산 아래에서 세 발 솥[鼎]을 만들었다. 솥이 완성되자
   용이 턱수염을 드리워 황제를 맞이했는데 황제가 올라타자, 따라 오른 뭇 신하와
   후궁이 70여 명이었다. 용이 올라가니 나머지 신하들은 오르지 못하고 용의 턱수
   염을 잡았으나 턱수염이 뽑혀 떨어지고 황제의 활도 떨어졌는데, 황제가 이미 하늘
   에 오른 것을 백성이 우러러보고는 그 활과 턱수염을 안고 울부짖었다고 한다.

65) 천실의욕(泉室蟻蓐): '천실의욕'에서 '천실'은 죽은 저승의 거처를 가리키고, '의욕'
   은 '개미를 쫓고 잠자리를 만든다'는 뜻으로 죽은 임금을 따라 죽어 황천에서 임금

무비쳔신의 박복이며	無非賤臣薄福
무비쳔신의 부은일다	無非賤臣負恩
원슈의 경신년66)을	怨讐之庚申年
업시코져 뉵갑즁의	六甲中欲去之
이 히 납월67) 새벽꿈은	是歲臘月曉夢
어이 그리 졍녕68)턴고	何爲其丁寧
거동소의 입시ᄒ니	擧動所入侍
쳔신 ᄒ나 ᄲᆞᆫ이로쇠	賤臣一介已矣
룡안은 이열 ᄒ오시고	龍顔怡悅
옥음은 츈온ᄒ오셔	玉音春溫
젼셕죵용69) 샹시모양	前席從容常時貌樣
가인부ᄌ 더욱 ᄀᆞᆺ히	家人父子尤似之
룡포로 약을 내샤	龍袍出藥
어슈로 주오시니	御手賜之
봉피 우히 세 ᄌ 쓴 것	封皮上三字書
금즁강이 분명ᄒ다	金中剛分明
긔복ᄒ여 밧ᄌ와	起伏受之
관복 속의 너흔 연후	官服裡納然後

을 보좌함을 의미한다. '의욕(欲椅)'은 중국 전국시대 楚 공왕(共王)에게 안릉군이
"대왕께서 승하하신 뒤에 이 몸이 황천에 따라가서 잠자리를 만들고 개미를 쫓게
되기를 바랍니다."라고 말한 고사에서 유래한다.

66) 경신년, 1800년, 정조가 승하한 해.

67) 납월(臘月): 음력 설달을 달리 이르는 말.

68) 졍녕(丁寧): ① 대하는 태도가 친절함. ② 충고하거나 알리는 태도가 매우 간곡함.

69) 종용하다: ① 성격이나 태도가 차분하고 침착하다. ② 조용하다.

샹하슈작 다쇼광경	上下酬酢多少光景
그 어이 다 긔록홀이	其何以盡記
환궁거동 지송70)호고	還宮擧動祇送
꿈을 문득 씨야나니	夢於是覺
새벽 둘빗 창냥흔디	曉月蒼凉
니웃 둙이 자조 우니	隣鷄頻唱
흰 벼개의 업드리니	素枕伏泣
피눈믈 졀노 나니	血淚自出
새는 날 기드려	曙日俟之
히몽셔를 샹고호니	解夢書考見
님금이 약을 주셔 뵈면	人君賜以藥
일신이 무양타 호엿더니	一身無恙云
이 꿈 후 오륙일의	此夢後五六日
이 내 몸이 되엿고나	此吾身爲矣
님됴흔 후 두세 일은	立朝後二三事
오늘날이 응당호고	今之日應當
지릉업시 취승71)호니	無才能驟陞
과복지지 당연호디	過福之災當然
하환무스72) 긔군 두 ㅈ	何患無辭欺君二字
이 아니 지원흔가	此豈不至寃乎

70) 지송(祇送): 백관(百官)이 임금의 거가(車駕)를 공경하여 보냄.

71) 취승(驟陞): 직위가 갑작스럽게 뛰어오름을 뜻한다.

72) '욕가지죄(欲加之罪) 하환무사(何患無辭)'에서 나온 말로 즉 '죄를 주려고 하는데 어찌 핑계거리가 없음을 걱정하랴'는 것이다.

가묘의 하직ᄒ고	家廟下直
엄정이 챵황ᄒᆫ디	嚴程蒼黃
화산숑빅 ᄇ라보고	華山松柏望見
도방의셔 통곡ᄒ니	道傍慟哭
북풍한셜 므슴 일노	北風寒雪何事
이 내 간쟝 더옥 녹니	此吾肝腸尤消矣
빙졍곤마 겨요 모라	冰程困馬艱驅
열흘만의 도비ᄒ니	十日到配
풍속은 엇더ᄒᆫ지	風俗何如
거쳐는 과분ᄒ다	居處過分
놀난 혼은[을] 슈습ᄒᆫ들	驚魂雖收拾
셔론 회포 어디 둘고	痛懷何所寓
칙권이나 빌 도리롤	冊卷借來道
동니 ᄉ람 년비ᄒ야	洞內人連臂
셔당마다 ᄀ걸ᄒᆫ들	書堂到處懇乞
뉘가 날을 보고 빌닐손가	誰見我而借之
수삼삭 거의 지나	數三朔殆過
쥬역 ᄒᆫ 질 어더보니	周易一秩得見
삼십년젼 보던 면목	三十年前所見面目
쇼경의게 단쳥일다	盲瞽之於丹青
병든 소리 쳔촉ᄒ야	病聲喘促
닑어보든 못ᄒ야도	讀見則不得

세 번 네 번 벗겨내고	三番四番翻謄[73]
훈고꺼지 산절[74]ᄒ니	訓詁至於刪節
쳐음보다 빅승[75]ᄒ야	視初百勝
알듯알듯 ᄒ니그려	若知若知耳矣
다숫 권의 ᄂ화 미야	五卷分束
제목을 쓰려다가	題目將寫
홀연 싱각 전년 쑴을	忽然思之前年夢
내 스스로 히득ᄒ니	吾自解得
금갑도 가온디 혼자 안자	金甲島中獨坐
강유지니[76] 귀경홈을	剛柔之理翫見
션왕이 권념[77]ᄒ샤	先王眷念
미리 아니 니르신가	其非預告之乎
이리져리 싱각ᄒ니	此而彼而思之
ᄎᆷ아 엇지 니줄손가	何忍忘乎哉
금강 두 ᄌ 가져다가	金剛二字持來
칙마다 제목ᄒ야	隨冊以此題目

---

73) 번등(翻謄): 번역하여 베낌.

74) 산절(刪節): 어구를 깎아 내여 줄임.

75) 백승(百勝): ① 싸움이나 경기 따위에서 언제나 이김. ② 모든 면에서 다 나음.

76) 강유지리(剛柔之理): 『주역』 설괘전(說卦傳)에 나오는 '剛柔'라는 말에 근거한 것으로 보이는데 설괘전 1장에는 "음양에서 변화를 관찰하여 괘를 세우고 강과 유를 조절하여 효를 정하였다."는 구절이 있고, 2장에는 "하늘의 도를 세워 음과 양이라 하고, 땅의 도를 세워 강과 유라 하며, 사람의 도를 세워 인과 의라고 한다."는 구절이 있다.

77) 권념(眷念): 돌보아 생각함.

이 내 ᄆᆞᆷ 붓쳐 두고	此吾心寓置
ᄭᅵ나 자나 보려터니	寤寐欲見
동지ᄃᆞᆯ 넘오일의	冬至月念五日
쳔극을 더으시니	荐棘加之
이원은 ᄇᆞ려 두고	哀寃抛置
황숑ᄒᆞ기 그지업니	惶悚罔涯
글볼 ᄆᆞᆷ 아조 업셔	看書之心全無
침셕의 위돈78)ᄒᆞ니	寢席委頓
죽고 살기 하늘이니	死也生也天也
ᄇᆞ려 두고 보려니와	棄置而見矣
이 죄명 못ᄡᅵᄉᆞ면	此罪名未洗
조션의 엇지 뵈리	何以見祖先
삼ᄉᆞ삭 얼는 지나	三四朔條過
올봄이 되엿고나	今春已届
쥬인사ᄅᆞᆷ 고마워셔	主人可感
즁용 ᄒᆞᆫ 권 어더 주니	中庸一卷得給
내 졀머실 ᄶᅢ 드ᄅᆞ니	吾於少時聞之
셩현문쟝 ᄇᆞ론 길이	聖賢門墻正路
다른 경셔 고샤ᄒᆞ고	他經書姑舍
이 글이 웃듬이라 ᄒᆞ매	此書爲元云
업ᄂᆞᆫ 긔력 강작79)ᄒᆞ야	所無氣力强作

---

78) 위돈(委頓): 힘이 빠짐. 녹초가 됨.
79) 강작(强作): 억지로 일을 함.

세 번재 벗겨낸 후	至于三次謄出後
졔목을 쓰고 보니	題目寫而見
몽즁삼ᄌ 더옥 완연	夢中三字益宛然
오운은 졈졈 먼디	梧雲漸漸遠
이롤 보니 빅비 셜외	見此百倍哀
졍녁을 허비ᄒ야	精力虛費
그림으로 그려내니	以圖寫出
미ᄉ오지80) 내 알손가	微辭奧旨吾知乎
션군 싱각 여긔 븟쳐	先君之思付於玆
듀야블니 이 두 글에	晝夜不離此兩書
망셜춤논81) 업슬손가	妄說僭論豈無哉
이러코 져러코	此乎而彼乎而
이 그림 펴고 보니	此圖展見
어화 긔특ᄒ다	於話奇特哉
사롬의 사롬된 일 긔특ᄒ다	人之爲人奇特
모롬은 모로거니와	不知則不知
이 내 말솜 드러보옵	此吾言聽見
음양이긔 합ᄒ여셔	陰陽二氣合之
사롬의 긔질 되어나고	人之氣質做出
오ᄒᆡᆼ일니 ᄯᅩ 갓다가	五行一理特來

---

80) 미사오지(微辭奧旨): '미사'는 조용히 하는 말 혹은 몇 마디 되지 않는 말, '오지'는
어떤 사물이나 현상에 있는 깊은 뜻.

81) 망설참론(妄說僭論): '망설'은 이치나 사리에 맞지 아니하고 망령된 말, '참론'은
분수에 넘치는 논의.

속속드리 메워시니	裏裏充之
간위폐신 논호인디	肝胃肺腎所分處
이목구비 지체로다	耳目口鼻肢體
각각 제 일 맛다시니	各各渠事任之
도츠지82)논 뉘 훌넌고	都次知誰爲
념통 호나 특치83)ᄒ야	靈通一介特差
일신쥬인 삼아노코	一身主人定之
오힝으로 오상84)되니	五行以爲五常
인의례지 신이로다	仁義禮智信
일용빅ᄉ 당연호 것	日用百事當然者
방촌85)중의 모화드려	方寸中聚納
일동일졍86) 크고 젹고	一動一靜無大無小
이 무움의게 쳥녕87)ᄒ니	此心許聽令
군신부ᄌ 웃듬이오	君臣父子爲首
부부형뎨 붕우로다	夫婦兄弟朋友
이 묘리 져 묘리	此妙理彼妙理

---

82) 도차지(都次知): ① 일이나 물건 따위를 도맡거나 혼자 차지함. ② 세력 있는 집이
   나 부잣집의 살림을 그 주인의 지시에 따라 도맡아서 하는 사람.

83) 특차(特差): 임금이 특별히 사신을 보냄.

84) 오상(五常)은 유교의 인(仁)·의(義)·예(禮)·지(智)·신(信)의 다섯 덕목(德目)을
   말한다.

85) 방촌(方寸): ① 한 치 사방의 넓이. ② 사람의 마음은 가슴속의 한 치 사방의 넓이에
   깃들어 있다는 뜻으로, '마음'을 달리 이르는 말.

86) 일동일정(一動一靜): 하나하나의 움직임. 곧 모든 동작을 이른다.

87) 청령(聽令): 명령을 주의 깊게 들음.

일편셩심 용녁ᄒ면	一片誠心用力
이 밧 만션[88] 빅년중의	此外萬善百年中
엇지 능히 다 쁠손가	何能盡用哉
이롤 즈시 슬피코져	此而欲詳察
붉은 화로 속ᄒ이고	以火明而屬之
ᄆ음 ᄒ나 쥬쟝ᄒ리	心一介主張者
ᄯᅩ 다시 잇내그려	又復有焉
대져 이 ᄆ음 져 구셕의	大抵此心彼奧
셩이라는 져 당신이	性之云者彼當身
샹뎨명을 밧드와	奉上帝命
심과 홈믜 나이셔	與心俱生
단전[89]으로 집을 삼고	丹田爲室
방당활슈[90] 둘넌는디	方塘活水環之
틔끌 훈 졈 업시ᄒ고	一點塵無之
놉히 안져 지휘ᄒ니	高座指揮
허령[91]으로 젼쳬 삼고	虛靈爲全體
지각으로 대용 삼아	知覺爲大用
즁니롤 도찰ᄒ고	衆理都察

---

88) 만선(萬善): 온갖 착한 일.

89) 삼단전(三丹田): 도가(道家)에서 말하는 상·중·하의 세 단전. 상단전은 뇌를, 중단전은 심장을, 하단전은 배꼽 아래를 이른다.

90) 방당활수(方塘活水): '방당'은 네모진 연못. '활수'는 흐르는 물을 흐르지 않는 물에 상대하여 이르는 말.

91) 허령하다(虛靈): ① 잡된 생각이 없이 마음이 신령하다. ② 포착할 수는 없으나 그 영험이 불가사의하다.

만스룰 다 응ᄒ디	萬事皆應
어제 오늘 ᄂ너일 모러	昨日今日明再明
ᄒ 시ᄀ도 쉬지 아냐	一時刻不息
인싱도리 무흠92)ᄒ고	人生道理無欠
천하스긔93) 다 슌ᄒ니	天下事機皆順
ᄂ녀셰도 그리 만치 아니ᄒ디	年歲不尋多
온갖 묘리 하 잘 아니	許多妙理太善知
천샹의ᄂ는 쥬지ᄀᆺ고	如天上之主宰
인간의ᄂ는 님금ᄀᆺᄒ히	若人間之君王
일노 두고 보량이면	此以觀之
너 ᄒ나 업둣더면	汝一介若無
ᄆ옴심 일부위가	心之一部位
속 븬 고양남기로다94)	裏虛枯楊樹
셰샹의 나온 사ᄅ름들	世上出來人
흐린 츈츄 못면ᄒ야	濁春秋未免
ᄂ놀즘싱 긜즘싱	飛禽走獸
져나 이나 다를손가	彼此何殊
거륵ᄒ다 셩인님은	猗歟聖人主
아이브터 너ᄅ를 밋어	自初恃汝
ᄌ연 졀노 졀노 ᄌ연	自然自然又自然

92) 무흠(無欠)하다: ① 흠이 없다. ② 사귀는 사이가 허물이 없다.

93) 사기(事機): 일이 되어 가는 가장 중요한 기틀.

94) 고양수(枯楊樹): 늙은 버드나무.

중도로 츳자드니	中道尋入
허령지각95) 처음 톨 제	虛靈知覺始稟時
공평ᄒ신 쳔심으로	以公平之天心
뉘라고 더 주시고	誰乎添給
뉘라고 덜 주시랴	誰乎減給
그러코도 져ᄀ치 되니	然而知彼成
싱지안힝96) 뉘 힘인고	生知安行繫誰力
당초브터 너만 ᄯ롸든녓던들	當初隨爾而行
사롭마다 져러홀 거술	人人皆如彼
내 집안의 두고셔도	吾家內置之
그런 줄 젼혀 몰나	其然全不知
어린 듯 미친 듯	癡如也狂如也
두로두로 헛거름만 ᄒ야고나	遍處做虛步
계구97)슈셩98) 져 공부는	戒懼修省這工夫
도심으로 조차 나니	道心中從出
나 못보나 눔 못보나	吾不見他不見
그런 곳이 더 두렵다	如其處尤畏

---

95) 주자는 『대학』의 집주에서 "虛靈不昧 以具衆理 應萬事"(허령하여 어둡지 않고 뭇 이치를 갖춤으로써 만사에 응한다.)라고 하였다. 여기서 허령불매는 마음이 가진 덕성이고 만사에 응한다고 함은 지각 작용을 의미한다.

96) 생지안행(生知安行): 『중용』 以其等而言則 生知安行者 知也, 學知利行者 仁也, 困知勉行者 勇也, 蓋人性, 雖無不善, 而氣稟有不同者, 故楣有蚤莫, 行道有難易, 然能自强不息則其至, 一也. 천명이 총명하여 태어나면서부터 도의에 통달하여 안심하고 이를 수행하는 것을 生知安行이라고 한다.

97) 계구(戒懼): 조심하고 두려워함.

98) 수성(修省): 마음을 가다듬어 반성함.

일념을 여긔 두어	一念存於此
분호⁹⁹⁾도 방흘 말면	分毫勿放忽
치치면 대성이오	上之則大聖
하블신 현인일다	下不失賢人
흑지곤지 각 긔픔롤	學知困知各氣稟
니로쎠 졔어ᄒ면	理以制之
변화긔질 어려올가	變化氣質何難哉
혼 거름 두 거름 ᄉ이로다	一步二步間
큰 공부 져근 공부	大工夫小工夫
별노 다른 일 업ᄂ니	別無異事
다만 내의 쳔셩대로	只以余天性
녜ᄉ로이 힝혼 연후	循例¹⁰⁰⁾行之然後
브ᄃ 눕이 알과쟈	必欲人知
아니꼬온 거동 마소	惡心擧動勿爲
업ᄂ 졍셩 잇ᄂ 체	無精誠有樣
모로ᄂ 일 아ᄂ 체	不知事知樣
아닌 것시 긘 체ᄒ고	非件爲其樣
트집 잡고 뷔꼬이면	矯闖家而歪絞之
비록 어두온 눈 어로외나	昏眼雖眩之
져 하눌을 엇지 홀고	奈彼天何
너모 이리 굴게 도면	過爲如此

---

99) 분호(分毫): 매우 적거나 조금인 것을 비유적으로 이르는 말.
100) 순례(循例): 관례나 전례를 따름.

삼거올 이 절노 나고	麻本自出
대로 오간다는 거시	大路去云者
쓰으는 디 쓰로 잇니	所牽處別有
희노인락 뉘 업술가	喜怒哀樂孰無乎
다만 그 중 어려온 일	但於其中極難事
인심으로 조차 나셔	人心中從出
ᄉᆞᄉ 긔운 쮜여드니	私氣躍入
그롤 만일 잘 술피면	厥若善察
셩현계뎨101) 목젼이오	聖賢階梯目前
그롤 혹 몰나보면	厥或未審
그 사롬이 무엇 될고	其人爲何物
잘 되아야 우민이오	善爲則愚民
잘못 되면 망측ᄒᆡ외	不善爲則罔測
우리 류의 나약ᄒᆞᆫ 이는	吾類懦弱者
션심은 본ᄌᆡ언마는	善心則本在
즁무소쥬102) ᄒᆞᆫ 타ᄉᆞ로	中無所主之故
긔력조차 피렬ᄒᆞ니	氣力從而疲劣
이리 가시 져리 가시	此而去彼而去
눔의 말 신쳥103) 말고	他言勿信聽
업는 고집 각별 내야	所乏之固執另出

---

101) 계제(階梯): ① 어떤 일을 할 수 있는 적당한 형편이나 기회. ② 일이 진행되어가는
    순서 또는 절차.
102) 중무소주(中無所主): 마음의 중심이 되는 일정한 자기 생각이 없는 것.
103) 신청(信聽): 믿고 곧이들음.

일의 득실 조량호면	事之得失自量
훈 번 두 번 잘훈 후야	一番二番善做後
필경셩취 젹을손가	畢竟成就小乎哉
괴악104)훌 순 음지편의	怪惡哉陰地邊
져근 우리 밧근 곳의	小小圈橫斜處
엇개 치고 손목 잡고	拍肩而執手而
놈 볼가 져허 만만 드러가는 져뉴들은	怕人見而暗暗入去彼類等
닐너 무가닉하105) 것시	言之無可奈何者
브른들 도라나 볼소냐	呼亦顧視哉
우리나 우리 일 닷가	吾輩修吾事
하늘 뜻 밧조오면	軆天之意
일모도원106) 관계호며	日暮途遠何關係
병쵹야유107) 뉘 금훌가	秉燭夜遊誰禁乎
큰 길 즁앙의 녈좌호오신	大道中央列坐
여러분 셩인님늬	諸分聖人主
우리 오기 기드련지	俟吾輩之來

---

104) 괴악하다: 말이나 행동이 이상야릇하고 흉악하다.

105) 무가내하(無可奈何): 어찌할 수가 없다. 일을 감당할 방법이 없다는 뜻이다.

106) 일모도원(日暮途遠): 날은 저물고 가야 할 길은 멀다. 할 일은 많은데 시간이 없는 것을 비유하는 말이다.

107) 병촉야유(秉燭夜遊): 촛불을 들고 밤에 놀다. 경치가 좋은 곳에서 놀다가 낮에 놀던 흥이 미진해서 밤중까지 노는 것을 이르는 말이다. 때를 맞춰 즐기는 것을 비유하는 말이다. 조비(曹丕) 〈여오질서(與吳質書)〉: 少壯眞當努力, 年一過往, 何可樊援. 古人思秉燭夜遊, 良有以也. 젊고 건장할 때 노력을 해야 할 것이니 세월이 한번 가면 어떻게 붙잡을 것인가. 옛사람들이 촛불을 부여잡고 밤놀이를 했던 것이 진실로 까닭이 있었구나.

불셔 몃히 되엿는이	已爲許多年所
그 겻히 버려 뫼신	其傍列侍
졔군즈도 고디고디 ᄒ는고나	諸君子苦待苦待
그 길을 춧고져 ᄒ면	其路欲尋
아조 알기 쉬오니	知之極易
동방싱긔와 쥬앙졍식이	東方生氣中央正色
우리 눈을 붉히는이	吾輩之眼明之
어화 내 놀애야	於話吾之歌
지리훔도 지리ᄒ다	支離且支離
셔즁ᄉ셜 칙의 잇고	書中辭說在冊
도즁의미 글의 잇니	圖中意味在書
칙 보고 그림 보면	見冊見圖
그 뉘 몰올나고	其誰未知
내 므슴 아는 양ᄒ고	吾何自以爲知
흔 노래로 긴밤 새을가	一歌消長夜
어화 이 노래 긋치고	於話此歌且止
셔론 ᄉ연 ᄶ츌 밋싱	悲辭結其末
이 글과 이 그림 속의	此書此圖內
어린 소견을 만히 베퍼	愚見多所陳
혜어본즉	計見之則
거의 업는 곳이 업스니	幾乎無處無之
어림도 어리고	愚矣愚矣
괘심훔도 괘심ᄒ다	過甚過甚
반벙어리 ᄀᆞᆺ흔 말을	如半啞之說

감히 이리 ᄒᆞ엿고나	敢如是爲之
그러나 이 뉘 덕고	雖然是誰之德
우리 셩고의 도오신 배로다	我聖考之攸佑
만일 그 ᄭᅮᆷ 안이런들	萬一非其夢
쥬역즁용 싱각이나 ᄒᆞ며	周易中庸思之乎
만일 이곳 안이런들	萬一非此處
이 공부를 엇지ᄒᆞ리	此工夫何爲也
이려도 션왕 은혜	此亦先王恩惠
져려도 션왕 은혜	彼亦先王恩惠
일헌 단지 길이 업셔	一獻丹墀無路
일노 더옥 이통ᄒᆞ다	以此尤爲哀痛
즉금 모양 볼쟉시면	卽今貌樣見之
형용고고 여지업고	形容枯槁無餘地
염황졀도의 잔년은 뉵슌이오	炎荒絶島殘年六旬
고국귀로는 약슈가 쳔니로다	故國歸路弱水千里
쥬셩왕의 슈셩지업은	周成王守成之業
됴셕의 식목ᄒᆞ건마ᄂᆞᆫ	朝夕拭目
졔갈냥의 보션뎨야	諸葛亮之報先帝
어ᄂᆞ ᄯᆡ를 ᄇᆞ랄손가	何時望之
츙효젼가 쳥젼믈을	忠孝傳家靑氈物
내 몸의 와 닐튼 말가	逮吾身失之云
가국의 죄인되미	家國爲罪人
고금의 나ᄲᅮᆫ일다	古今吾已耳
젼년 그레 즉시 죽어	昨年再昨年卽時死

혼이야 잇고 업고	魂則有也無也
비룔 갈나 붉힌 후의	剖腹明之後
만강단혈 다시 밋쳐	萬腔丹血更結
옥난 아래 됴현[108]ㅎ고	玉欄下朝見
믈너나와 견마되여	退而爲犬馬
새 님군씌 길너나셔	新主前育出
셰셰보은 올숩거늘	世世報恩可矣
무숨 목숨 대단타고	此命何大段
그 결단을 못ㅎ고셔	其決斷未爲
지금 이리 완지ㅎ니	至今如是頑支
목셕도곤 더훈 거시 내로고나	其於木石卽吾
이리 싱각 져리 싱각ㅎ니	此而思彼而思
이 내 몸 엇지 살가	此吾身何以生
필경 이럴진디	畢竟至此
이 글 닑어 어디 쓰며	讀此書焉用
이 그림 잇다 훈들	此圖雖有
내 몸의 므엇ㅎ리	於吾身何爲
싱각이 이에 밋츠니	思之及此
만렴이 츤지로다	萬念冷灰
화증이 셜음으로 조차나매	火症從哀出
벌덕 니러안자	蹶然起而坐
이 그림 이 노래 가져다가	此圖此歌持來

---

108) 조현(朝見): 예전에, 신하가 조정에 나아가 임금을 뵙던 일.

내 마음과 샹의하니	與吾心相議
이 셰계롤 당하야	當此世界
깅싱홀 길 만무하매	萬無更生路
조각조각 쓰져 내야	片片裂出
화로 속의 술오고져	火爐中欲燒之
쟝쟝이 헤쳐다가	張張披去
벽히슈의 씌오고져	碧海水欲泛之
이리하나 져리하나	此之爲彼之爲
뉘 이셔 말닐손가	有誰挽之
어화 그러치 아니하다	於話不然矣
이 노래 속의 언필칭 션왕하와	此歌中言必稱先王
쳔신이 향안[109] 압히 이셔	賤臣若在香案前
듀야로 셩궁[110]을 호위홈 갓트니	晝夜護聖躬
애지즁지 즁지애지하야	愛之重之重之愛之
춤아 감히 손으로 못엽시하노라	忍而不敢手毁之

---

109) 향안(香案): 제사를 지낼 때 향료나 향합을 올려놓는 상.
110) 셩궁(聖躬): 임금의 몸을 말한다.

부록 ❷
『금강영언록』 소재 유배 시조

一, 二 落張 亡失

三

老病(노병)ᄒ 이 내 몸이 罪名(죄명)조차 至重(지중)ᄒ니

棘中日月(극중일월)[1]의 一萬念慮(일만념녜)[2] 츈진ᄀᆞᆺ다

그러코 蒼梧山(창오산)[3] 먼 구름의 피눈물은 므스 일고[4]

四

사라도 先王臣下(선왕신하)[5] 죽어도 先王臣下(선왕신하)

ᄉᆞ랑홉다[6] 先王(선왕)의 아ᄃᆞ님 卽今吾君(즉금오군)

내 비록 罪名(죄명)은 至重(지중)ᄒ나 이 ᄆᆞ음이야 變(변)홀손가[7]

---

1) 형극의 세월, 고난의 세월.
2) 일만염려: 수많은 근심 걱정.
3) 창오산: 호남성 영현의 동쪽에 있는 산으로, 우순이 붕한 곳인데 〈九疑山〉이라고
   도 함. 창오산에서 우순이 돌아가시고 二妃의 눈물로 湘水의 물이 마름.
4) 무슨 일인가: '~ㄹ고'는 의문형 종결 어미.
5) 선왕신하: 선왕의 신하. 선대 임금의 신하.
6) 사랑스럽다: 「ᄉᆞ랑ᄒ+오+ㅂ다」의 구조. '~ㅂ다'는 형용사화 접미사.

五

伏羲氏(복희씨) 그은 八卦(팔괘)[8] 버더나니 六十四[9](뉵십시)다

陰陽五行(음양오힝)[10] 프러다가 人事(인ᄉ)의 븟쳐 잇니

ᄒᄋ믈며 君子(군ᄌ)롤 爲(위)ᄒᆞᆫ 글이니 아니 닑고 엇지ᄒ리

六

어져 내 즛시야[11] 寢食(침식)으란[12] 全廢(전폐)ᄒ고

中庸書(중용서)만 가지고 뒤젹뒤젹 ᄒᄂ고나

엇지면 孔夫子(공부ᄌ) 뵙고 깁흔 ᄯᆺ 비화[13]불고 ᄒ노라

七

져 죠흔[14] 큰 길 우희[15] 가온대로 바로 가면

---

7) 변할 것인가: '~ㄹ손가'는 의문형 종결 어미.

8) 팔괘: 고대 중국인들이 사용하던 여덟 가지의 괘로 주역에서 자연계 및 인사계의 모든 현상을 음악을 겹치어서 여덟 가지의 象으로 복희씨가 지었다고 하나, 실은 고대 중국인들이 운명 판단의 기본 원리를 점 쳐 보는데 사용하여 발전해 온 것임.

9) 육십사: 육십사괘. 복희씨가 만든 것은 팔괘이나, 후세에 괘를 겹쳐서 육십사괘로 한 것임.

10) 음양과 오행: 음양은 천지 사이에 있어 만물을 만들어내는 두 氣. 오행은 우주 간에 쉬지 않고 운행하는 다섯 개의 元氣, 金木水火土.

11) 내 즛시야: 나의 한 짓이여.

12) 침식으란: 침식은. '으란'은 주격 조사.

13) 배워: 기본형은 '비호다'.

14) 죠흔: 좋은.

15) 우희: 위에.

홀닉[16] 百里(빅니)롤 간들 것칠 것시 이실소냐[17]
그려도 혼편으로 가는 이[18] 하 만흐니[19] 홀 일 업셔 ᄒ노라

八

大澤(대틱)[20]의 神龍亡(신룡망)[21]ᄒ고 深山(심산)의 猛虎逝(밍호셔)[22]ᄒ니
삵의 우슴 밋길의[23] 춤은 긔 므슨 心腸(심쟝)인다[24]
아마도 神龍猛虎(신룡밍호)눈 업슨 째가 업술가[25] ᄒ노라

九

六十(육십)이 곳되여셔 萬古風霜(만고풍샹)[26] 다 겻그니
塵世間(진셰간) 苦樂(고락)[27]이 우원 므슨 것시런고
다만지[28] 우리 님 보옵고 시버[29] 일노 病(병)이 되어스라

---

16) 홀닉: 하루에.
17) 이실소냐: 있겠느냐. '~ㄹ 소냐'는 의문형 종결어미.
18) 가는 이: 가는 사람이.
19) 하 만흐니: 매우 많으니.
20) 대택: 큰 못.
21) 신용망: 신룡이 죽음.
22) 맹호서: 사나운 호랑이가 감.
23) 밋길의: 미꾸라지의.
24) 심쟝인다: 마음인가 '~ㄴ다'는 의문형 종결어미.
25) 없을까.
26) 만고풍상: 수많은 세상의 어려운 일.
27) 진세간 고락: 인간 세상의 괴로운 일과 즐거움.

十

豊年(풍년)은 히마다 들고 輪行癘疫(륜힝녀역)³⁰⁾은 아조³¹⁾ 가니

朝鮮國(됴션국) 百萬生靈³²⁾(빅만싱녕)이 새 德化(덕화)룰 歌詠(가영)호다

너희눈 先王明靈(션왕명녕)³³⁾이 돕즈오셔³⁴⁾ 그런 줄노 아라스라³⁵⁾

十一

四野(ᄉ야)의 黃雲興(황운흥)³⁶⁾호고 中天(즁쳔)의 白日明(빅일명)³⁷⁾혼디

크나 큰 바다 우희³⁸⁾ 風波(풍파) 혼 졈 업더고냐

어즈버 이 光景(광경) 그렷다가³⁹⁾ 우리 님끠 드리올가 ᄒ노라

十二

내 몸이 늙어지니 ᄆ옴 졀노 仁弱(인약)⁴⁰⁾ᄒ야

---

28) 다만지: 다만, 단지.

29) 시버: 싫어. 기본형은 '싶브다, 싣브다'가 같이 쓰였음.

30) 륜행여역(輪行癘疫): 해마다 찾아오는 돌림병.

31) 아조: 아주.

32) 생령(生靈): 목숨.

33) 션왕명녕(先王明靈): 선대왕의 밝은 영.

34) 돕즈오셔: 도우시어.

35) 아라스라: 알거라, 알아라 '~스라'는 명령형 종결어미.

36) 사야의 황운흥: 사방에 황색 구름이 일어남.

37) 백일명: 해가 밝음.

38) 위에.

39) 그렷다가: 그려 두었다가.

지난 일 싱각ᄒ고 일일마다 悔歎(회탄)[41]ᄒ다

그러나 귀예 말 므롭거름[42]은 죵시 어려올가 ᄒ노라

十三

철업손 아희들은 덩덩ᄒ면 굿만 녁여[43]

東西(동셔)로 奔走(분주)ᄒ야 셔실 줄[44]을 모로ᄂ고나[45]

아마도 그렁 구다가ᄂ[46] 네 므히[47] 傷 (샹)홀가 ᄒ노라

十四

少年(쇼년)들 웃지 말 내 말솜 드리 보소

귀 막고 니 싸지딕[48] 눈 오히려 붉아시니[49]

엇지면 사랏다가 太平聖代(태평셩딕)ᄅᆞᆯ 다시 볼 뜻ᄒ여스라

---

40) 인약: 어질고 연약해짐.

41) 회탄: 후회하고 한탄함.

42) 므롭 거름: 무릎걸음.

43) 굿만 녁여: 굿하는 줄로만 여기어.

44) 셔실 줄을: 서 있을 줄을.

45) 모로ᄂ고나: 모르는구나. '~ㄴ고나'는 감탄형 종결어미.

46) 그렁 구다가ᄂ: 그렇게 굴다가는.

47) 므히: 매우 기본형은 '므이'.

48) 니 싸지딕: 이가 빠지되.

49) 붉아시니: 밝았으니.

十五

望美人兮(망미인혜) 何在(하지)오 目渺渺兮(목묘묘혜) 天一方(천일방)을50)

夫何使我(부하스아)로 懷耿結兮(회경결혜) 如醉如狂(여취여광)고51)

孤臣兮(고신혜)52) 作此歌兮(작츠가혜) 瞻月光(첨월광)ㅎ야53) 願後見兮(원
부견혜) 吾王(오왕)54)ㅎ노이다.

十六

朝窓(됴창)55)의 히 도드니 玉壺淸氷(옥호청빙)56) 더옥 묽다

흔 졈 찟글57) 업는 속의 불근 조각 밋쳐시니

萬一(만일)에 이 조각 업스면58) 瓦樽濁醪(와준탁료)59)만인들 홀가보냐

---

50) 望美人兮 何在오 目渺渺兮 天一方을: 임금을 바라보니 어디에 있는고, 아득히
　　하늘 한 끝을 바라본다오 / 渺渺兮予懷 望美人兮天一方(하늘 한 쪽 끝에서 미인
　　(군왕)을 바라 봄. 소식 〈赤壁賦〉.

51) 夫何使我로 懷耿結兮 如醉如狂고: 지아비는 어찌 나로 하여금, 당신을 그리는
　　마음을 취한 듯 미친 듯하게 하는가.

52) 고신혜(孤臣兮): 외로운 신하여.

53) 作此歌兮 瞻月光ㅎ야: 이 노래를 지어 달빛을 바라보게 하여.

54) 願後見兮 吾王: 원컨대 다시 내 임금을 만나보게 하소서.

55) 조창: 아침 창문.

56) 옥호청빙(玉壺淸氷): 좋은 항아리의 맑은 얼음.

57) 찟글: 티끌.

58) 업스면: 없으면.

59) 와준탁료(瓦樽濁醪): 질병의 막걸리.

十七

世上(셰샹)의 괴로은 일 밤잠 업셔 큰 病(병)일다[60]

늘근의 例常(녜샹) 일을 내라고 면홀소냐

卽今(즉금)의 님 성각 自別(즈별)ᄒ니 잠든 후나 닛즈올가[61] ᄒ노라

十八

잠들기 願(원)치 마소 잠 속의 ᄭᅮᆷ의 잇고

ᄭᅮᆷ 속의ᄂᆫ 우리 님 分明(분명)히 뵈시ᄂᆫ이

ᄭᆡᆫ 후의 虛事(허ᄉᆞ)가 되니 그재 성각 더옥 懇切(ᄀᆞ졀)ᄒ여스라

十九

죽어도 못닛줄 일[62] 君親(군친)[63]의 恩惠(은혜)로다

父母(부모)가 날 ᄉᆞ랑ᄒ시기ᄂᆞᆫ 例事(례ᄉᆞ)[64]옵거니와

님군이 子息(ᄌᆞ식)ᄀᆞᆺ치 보시던 恩德(은덕)은 더옥 罔極(망극)ᄒ예라[65]

---

60) 병일다: 병이로구나.

61) 닛즈올가: 잊을까.

62) 닛줄 일: 잊을 일.

63) 군친(君親): 군왕과 어버이.

64) 례싀(例事): 당연히 있을 일.

65) 罔極(망극)ᄒ예라: 끝이 없도다.
    ᄒ예라: 하도다. '~예라'는 감탄형 종결어미.

二十

燈心(등심)[66]의 곳치 피고 눈셥머리 ㄱ려오니

현마[67] 헛말ᄒ여 날 속이랴 녯사룸이

그러나 내 罪(죄) 너모 重(중)ᄒ기로 半信半疑(반신반의) ᄒ노라

二十一

뮈올 손[68] 근심 愁字(수쩌) ㄱ올 秋(추) 아래다가

ᄆᆞᆷ 心(심) 밧치기는 긔 므슴 뜻이런고

오늘날 澤國霜風(택국상풍)[69]의야 글쩌 妙理(묘리)롤 끼닷쾌라[70]

二十二

뉘라셔 날을 보고 늘근이라 ᄒ던고

아희 적 ᄒ던 일 어제런 듯ᄒ더고나

忽然(홀연)히 거울곳[71] 보면 나도 어희업셔 ᄒ노매라

---

66) 등심: 등불.

67) 현마: 설마.

68) 뮈올 손: 미운 것은, '뮈'는 '믜다'의 어간.

69) 택국상풍(澤國霜風): 못과 늪이 많은 나라의 비바람.

70) 끼닷쾌라: 깨닫겠도다.

71) 거울곳: 거울만. '곳'은 강세조사.

二十三

져 少年(쇼년) 웃지 말소[72] 나도 前(전)의 졀머실 제[73]

늘근 사람 보면 엇지 그런고 ᄒᆞ엿더니

卽今(즉금)의 그 일 ᄉᆡᆼ각ᄒᆞ則(즉) 뉘웃브기[74] ᄀᆞ이 업ᄂᆡ

二十四

닭은 時(시)를 報(보)ᄒᆞ고[75] 개ᄂᆞᆫ 盜賊(도젹)을 슬펴고

牛馬(우마)ᄂᆞᆫ 큰 구실 맛겨[76] 다 길넘즉[77] ᄒᆞ거니와

져 ᄆᆡᄂᆞᆫ 쒱잡아 졀노 밧치던가 나는 몰나 ᄒᆞ노매라

二十五

돌은 놉히 쓰고 바람은 ᄂᆞ리부니

三千大界(삼쳔대계)[78]의 一點塵埃(일졈진이)[79] 아조 업ᄂᆡ

아마도 져 돌빗치 孤臣腔裏(고신강니)[80]예도 빗최ᄂᆞᆫ가 ᄒᆞ노라

---

72) 말소: 마시오.

73) 졀머실 제: 젊었을 때에.

74) 뉘웃브기: 뉘우치기. 기본형은 '뉘웇다, 뉘웃브다'가 같이 쓰였음.

75) 시(時)를 보(報)ᄒᆞ고: 시간을 알리고.

76) 맛겨: 맡기어. 기본형은 '맛디다, 맏디다'가 같이 쓰였음.

77) 길넘즉: 기를만.

78) 三千大界(삼쳔대계): 三十三天의 하늘. 慾界의 四天王天과 忉利天 등을 이름. 도리천은 육욕천(六慾天)의 둘째 하늘 수미산(須彌山) 꼭대기에 있는데, 중앙에 제석천(帝釋天)이 있으며, 그 사방에 8개씩의 성이 있음. 모두 33천(天)이 있다고 함. 삼십삼천.

79) 일졈진이(一點塵埃): 한 점 티끌.

二十六

盞(잔)잡고 마조[81] 안져 자니와 나와 둘이
死生榮辱(ᄉ성영욕)[82]을 ᄒᆞᆫ가지로 ᄒᆞ자 ᄒᆞ니
이후란 그런 말 고지 듯지 말고 아라 待接(ᄃᆡ졉)ᄒᆞ오리라

二十七

새즘ᄉᆞᆼ[83] 中(즁) 못된 거ᄉᆞᆫ 두룸이[84] 네로고나
것風神(풍신)[85] 虛(헛)소리로 사롬을 얼위온다
아마도 主人(쥬인)ᄅᆞᆯ 爲(위)ᄒᆞ여 ᄰᆡᄰᆡ 우는 둙만 못ᄒᆞᆫ가 ᄒᆞ노라

二十八

밥 보면 心症(심증)[86]이 나고 글 닑으면 숨이 ᄎᆞ다
밥이야 먹고 말고 져 글을 엇지ᄎᆞᆫ 말고
世上(셰샹)의 先輩(션비)들은 少時工夫(쇼시공부) 着實(착실)이 ᄒᆞ옵소[87]

---

80) 고신강니(孤臣腔裏): 외로운 신하의 가슴 속.
81) 마조: 마주.
82) ᄉ생영욕(死生榮辱): 죽어서 영화롭고 살아서 욕됨.
83) 즘ᄉᆼ: 짐승.
84) 두룸이: 두루미.
85) 것풍신: 외모, 겉 풍채.
86) 심증: 심장병, 홧증.
87) ᄒᆞ옵소: 하시오.

二十九

져 사롬 헛말 마소 어디셔[88] 만나보신가[89]

됴흔 飮食(음식) 마다 ᄒ고 썰치고 가는 이룰[90]

내 보니 酒肉(쥬육)[91]을 貪(탐)ᄒ여 病(병)드는 이 太半(태반)이나 ᄒ더고나

三十

田畓(젼답)은 사드리고 한아비[92]는 ᄑ라먹니

벼슬 官字(관쩌) ᄒ나흐로[93] 이 興成(흥셩)[94]이 숨겻는이

슬프다 그 사롬의 本心(본심)이야 현마[95] 그리 숨겨시랴[96]

三十一

北(북)으로셔 오는 져 구룸아 應當洛陽(응당낙양)을 지나실지니

九重宮闕[97](구즁궁궐) 깁흔 곳의 우리 님 平安(평안) ᄒ오시던가

구룸이 무슴 ᄯ즛으로 날을 向(향)ᄒ여 웃는 얼굴 ᄒ는고나[98]

---

88) 어디셔: 어디에서.

89) 보신가: 보았는가.

90) 가는 이룰: 가는 사람을.

91) 쥬육(酒肉): 술과 고기.

92) 한아비: 할아비.

93) ᄒ나흐로: 하나로.

94) 흥셩(興成): 흥하여 성공함.

95) 현마: 설마.

96) 숨겨시랴: 태어났으랴.

97) 구즁궁궐: 임금님이 계신 궁궐.

三十二

울여뿔 무이 뽑허 풋동비롤 섯거 쪄니

이 밥맛 하 맛나다 드리고져 우리 님끽

드리면 粒粒辛苦(닙닙신고)롤 더옥 아오실가 ᄒ노라

三十三

죽기 셟지⁹⁹⁾ 아냐 늙기¹⁰⁰⁾ 셟다 ᄒᄂ니

人情物態(인졍물틱)¹⁰¹⁾의 어이 그리 쏘라진고 이 말이

아희아 너도 ᄒ번은 늙을지니 너모 됴화¹⁰²⁾ 마라스라

三十四

사롬이 親疏(친소)¹⁰³⁾업시 만나면 술잔일다¹⁰⁴⁾

말ᄒ기 됴흘마치 먹고 놀면 良藥(양약)¹⁰⁵⁾이니

구틱여 제 스스로 盡醉(진취)¹⁰⁶⁾ᄒ고 술탓ᄒ믄 므스 일고¹⁰⁷⁾

---

98) ᄒᄂ고나: 하는구나. '~ᄂ고나'는 감탄형 종결어미.

99) 셟지: 섧지.

100) 늙기: 늙는 것이.

101) 인졍물틱(人情物態): 사람과 사물.

102) 됴화: 좋아.

103) 친소: 가깝고 소원함.

104) 술잔일다: 술잔이로구나.

105) 양약: 좋은 약.

106) 진취: 몹시 취함.

三十五

쏫 것거[108] 손의 쥐고 날 보며 半(반)만 웃데

저 보고 쏫흘 보니 쏫치런가[109] 제런가

至今(지금)에 그째 일 싱각ᄒ면 미쳐던가 ᄒ노라

三十六

나븨는 쏫츨 츳고 白鷗(ᄇᆡ구)는 믈의 노니

사롬을 酒色外(쥬ᄉᆡᆨ외)예 議論(의논)홈이 比(비)컨대 이 ᄌᆞᆺ거눌

엇지타 만나면 過度(과도)ᄒ야 쏫과 믈을 탓슴게[110] ᄒᆞᄂᆞ요

三十七

丈夫(쟝부)의 몸 ᄒᆞ나히 關係(관계)ᄒ 일 極(극)히 만희[111]

그러므로 泰山鴻毛(태산홍모)[112]의 死生(ᄉᆞ생)을 ᄃᆞ토ᄂᆞ니

두어라 아모려나 聖世冤魂(셩셰원혼)은 되지 말가 ᄒ노라

---

107) ᄆᆞᆺ 일고: 무슨 일인가.

108) 것거: 꺾어.

109) 쏫치런가: 꽃이던가.

110) 탓 슴게: 탓하게.

111) 만희: 많도다.

112) 태산홍모(泰山鴻毛): 많은 것 중의 아주 작은 일부.

三十八

뭇노라 져 漁翁(어옹)아 자닉 낫근[113] 고기 속의

屈三閭(굴삼녀) 忠魂(츙혼)이 드럿눈가 아니 드런눈가

이 後(후)란 큰 고기 낫기이거든 브딕[114] 노코 오나스라[115]

三十九

속깁혼 姜太公(강태공)[116]의 낫기질 法(법) 異常(이샹)ᄒ다

곳곳혼 바늘[117]을 미늘[118]업시 滄波(챵파)의 더져 잇니

그러나 西山孤竹(셔산고쥭)[119] 묽은 바롬의ᄂ 밀녀갈가 ᄒ노라

四十

노래로 두고 보면 世上人心(셰샹인심) 거의 알다[120]

휘모리 時調(시됴)[121]의ᄂ 조오던[122] 이 눈을 쓰니

---

113) 낫근: 낚은.

114) 브딕: 부디.

115) 오나스라: 오려므나.

116) 강태공: 태공망 呂尙. 주의 문왕이 위수에서 낚시하던 여상을 만나 스승으로 삼음.

117) 곳곳혼 바늘: 곧은 낚시 바늘.

118) 미늘: 낚시의 미늘.

119) 서산고죽: 서산의 고죽군. 고죽은 옛 나라의 이름으로 지금 하북성 노용현에서
    열하성 조양현 일대의 땅.

120) 알다: 알겠도다.

121) 휘모리 시조: 빠른 속도로 처음부터 급하게 휘몰아 부르는 시조. 삭대엽.

122) 조오던: 졸던.

아셔라 이 내 노래 끼야 안존 사롬 잠들일가 ᄒ노라

四十一

셩내여 바회롤 츠니 제 발등이 알프고[123]

프리 보고 칼 ᄲᅡ히니[124] 고 거동이 碌碌(녹녹)ᄒ다[125]

丈夫(쟝부)의 큰 度量(도량)은 엇더ᄒ지 알 니[126] 업셔 ᄒ노라

四十二

셤은 죠개등만 ᄒ고 바다은 一盃水(일비슈)[127] ᄀᆞᆺ히

비록 그러ᄒ나 이 내 몸을 容納(용납)ᄒ여시니

아마도 世上(셰샹)의 널은 곳선[128] 예ᄲᅮᆫ인가 ᄒ노라

---

123) 알프고: 아프고.

124) ᄲᅡ히니: 빼니.

125) 녹녹(碌碌)ᄒ다: 의젓하지 못하고 하잘 것 없다.

126) 알 니: 알 사람이.

127) 일배수: 한 잔의 술.

128) 곳선: 곳은.

四十三

陶淵明(도연명) 葛巾漉酒(갈건녹쥬)[129)]의 屈三閭(굴삼녀) 菊花(국화) 씌여 노코

張翰(쟝한)의 江東鱸漁(강동노어)[130)]을 ㄱ놀게 繪(회)쳐시니

이째에 陸放翁(뉵방옹)[131)] 오돗던들[132)] 荊軻(형가)의게 祭(제)[133)]지내쟈 ᄒ리로다

四十四

人生(인싱)은 꿈결이오 世事(셰ᄉ)는 믈결ᄀᆺ다

귀 밧끠[134)] 온갖 말이 바람결의 지나가ᄃᆡ

ᄌᆞᆷ결의 님 뵈옵ᄂᆞᆫ 精誠(졍셩)은 미줄결[135)]인가 ᄒ노라

---

129) 도연명(陶淵明) 갈건녹쥬(葛巾漉酒): 도연명이 술을 좋아하여, 쓰고 다니던 갈건으로 술을 걸러 마셨다는 고사.

130) 쟝한(張翰)의 강동노어(江東鱸漁): 한 나라의 계옹(쟝한의 字)이 높은 관직에 있으면서 추풍이 불자, 오강의 순나물국과 농어회를 생각하고 벼슬을 그만 두고 돌아갔다는 고사.

131) 뉵방옹(陸放翁): 陸游. 방옹은 호. 조주 산음인으로 송대의 시인.

132) 오돗던들: 왔던들.

133) 형가(荊軻)의게 졔(祭): 고점리가 축을 치고 형가가 노래를 했다는 고사. 형가가 진왕을 죽이러 가는 도중에 역수에서 연단과 이별할 때, 고점리가 축을 치고 형가가 그에 화답하여 노래를 했다는 고사.

134) 밧끠: 밖에.

135) ᄆ줄결: 맺을 결(結).

四十五

謫中(적즁)[136]의 어든 것시 周易中庸(듀역즁용) 두 글일다

淇澳[137](긔욱)의 綠竹(녹죽)[138]으로 書箱(셔샹)[139] 흐니 결어[140]내니

萬一(만일)에 生還故國(싱환고국)[141]흐면 藉手事君(쟈슈ㅅ군)[142]을 일노 홀가 흐노라

四十六

글닑어라 아희들아 글닑어 눕주던야

孝弟忠信(효뎨튱신)[143] 네 것시오 富貴榮華(부귀영화)도 네 것실다

우리는 아희적 글 덜닑은 탓스로 이 貌樣(모양) 되어스랴

---

136) 젹즁(謫中): 귀양살이 중. 젹소에 유배되어 있는 동안.

137) 澳: 깊을(오), 한글로는 '욱'으로 필사되어 있음.

138) 긔욱(淇澳)의 녹죽(綠竹): 기오의 푸른 대나무. 瞻彼淇澳 綠竹猗猗: 저기 기수(중국 하남성 임현에서 발원하여 위하로 드는 강)의 물굽이를 보니, 푸른 대나무는 가냘프고 아름답구나. 『詩經, 衛風, 淇澳篇』.

139) 서상: 책을 넣는 고리짝.

140) 결어: 엮어.

141) 싱환고국(生還故國): 살아서 고국에 돌아감.

142) 쟈슈ㅅ군(藉手事君): 빈손으로라도 임금을 섬김. 籍手는 赤手의 잘못인 듯함.

143) 효뎨튱신(孝弟忠信): 부모께 효도하고 웃어른에게 공손하며, 임금께 충성하고 친구간에 신의가 있음. 弟는 悌의 오기.

四十七

넷사룸 ᄒ온 말의 술 못먹는 君子(군ᄌ) 업고

글 못ᄒ는 小人(쇼인) 업다 ᄒ나 나는 글도 술도 다 못ᄒ니

두어라 非君子(비군ᄌ)非小人(비쇼인)¹⁴⁴⁾을 어디 쓸이¹⁴⁵⁾ 수世上(금셰샹)의

四十八

上林(샹님)¹⁴⁶⁾의 놀난 기력이 南方(남방)으로 ᄂ라완지¹⁴⁷⁾

불셔 三年(삼년)의 눌을¹⁴⁸⁾ 싱각ᄒ고 미양 우지지니

어ᄂ째 靈囿(영유)¹⁴⁹⁾로 도라드러 녯가지의 다시 의지ᄒ넌고

四十九, 五十, 五十一, 五十二 落張亡失

五十三

날이 새거냐 불셔 ᄌ최¹⁵⁰⁾소리 반갑고나

---

144) 非君子(비군ᄌ) 非小人(비쇼인): 군자도 소인도 아님.

145) 쓸이: 쓰겠느냐. 기본형은 '쓰다'.

146) 상림: 上林苑. 중국 섬서성 장안현의 서남쪽에 있었던 진한 때의 御苑.

147) ᄂ라완지: 날아 왔는지.

148) 눌을: 누구를.

149) 영유: 靈臺. 문왕의 영묘한 덕을 기리어 백성들이 그의 대를 영대라 하고, 대 아래의 동산을 영유라 했음.

150) ᄌ최: 까치의.

곱씨인[151] 눈을 쪄스며[152] 문열고 우러어 보니
白日(빅일)이 扶桑(부샹)[153]을 쩌나면셔 棘籬(극니)[154]의 비최엿더라

五十四

冊(칙) 덥고 嘆息(탄식)혼 後(후) 向壁(향벽)[155]흐여 누엇더니[156]
벼개아래 潮水聲(됴슈셩)이 드는 줌을 씨오거다
둘빗히 하[157] 多情(다졍)흐니 절노 니러안자셰라[158]

五十五

百年偕老(빅년히로)[159] 그 언약이 死別(스별) 불셔 몃히 된고
一介女兒(일개녀♀) 잇건마는 그도 눕의 子息(ᄌ식)일다
아마도 오늘날 心懷(심회)[160]는 幽明(유명)이 ᄀᆞ혼가 흐노라

---

151) 곱씨인: 눈곱이 낀.
152) 쪄스며: 씻으며.
153) 부상: 해가 뜨는 곳.
154) 극니: 가시나무 울타리.
155) 향벽(向壁): 벽면을 향함.
156) 누엇더니: 누었더니.
157) 하: 너무도.
158) 니러=일어나, 안자셰라=앉도다, 앉는구나.
159) 백년해로: 부부가 죽을 때까지 함께 삶.
160) 심회: 마음의 회포.

五十六

좀업슨 외로온 밤의 오던 光景(광경) 싱각ᄒ니

草草(초초)홀[161]손 逐臣行裝(튝신힝장)[162] 冊(칙) 호나[163] 칼 호나 쑨이
로다

그려도 滿腔丹血(만강단혈)을 시럿기로 짐 무겁다 ᄒ더라

五十七, 五十八, 五十九, 六十 缺張亡失

---

161) 초초(草草)홀: 바쁜, 빠른.
162) 튝신힝장(逐臣行裝): 쫓겨 가는 신하의 행장.
163) 호나: 하나.

『관성잡록』 소재 시조 10수

1.

먹던 밥 半반 減감ᄒ고 밤이면 좀업세라

南남松숑亭뎡 十십里리ᄮ의 두 눈이 쑤러지니

뉘라셔 이 貌모 樣량 그려다가 우리님끠 도려줄고 (右 戀君歌一曲)

2.

우리님 성각ᄒ고 밤즁도록 안잣다가

둘ᄯ자 님을 만나 반갑기도 그지업니

어듸셔 無무心심ᄒᆫ 鳴명鷄계는 이 내꿈을 쎄오거냐 (右 戀君歌二曲)

3.

怪괴異이ᄒᆞᆯ슨 내 病병이야 알픈 듸도 업건마ᄂᆞᆫ

形형容용이 枯고 槁고ᄒ고 呻신吟음소리 졀노난다

아마도 우리님 보온 後후ㅣ아 快쾌差ᄎᆞᄒᆞᆯ가 ᄒ노라 (右 戀君歌三曲)

4.

어져 내 일이야 白빅玉옥堂당[1] 靑청綾능被피[2]를 마다ᄒ고

돌집[3] 골자리의 옷슬 덮고 누엇고나

그려도 一일片편丹단忱침[4]이야 玉옥樓누[5]側측의 쩌날손가

(右 自嘲一曲)

5.

내 몸이 變변化화ᄒ야 千천仞인岡강上샹[6] 丹단鳳봉새[7] 되어

瑞셔日일祥샹風풍의 翩편翩편히 ᄂ라올라

님 계신 蓬봉萊ᄂ니宮궁闕궐노 도라들가 ᄒ하라 (右 自警一曲)

6.

落낙落낙ᄒ너 져 長쟝松숑아 너는 엇던 氣긔稟품으로

歲셰寒한 霜상雪셜의 本본色식이 完완全젼ᄒ다

아마도 大대厦하棟棟樑냥[8]은 너쑨인가 ᄒ노라 (右 感松一曲)

---

1) 좋은 집이란 뜻으로 자기 집을 이름.

2) 푸른 비단 이름.

3) 유배지에서 자기가 머무르는 집을 뜻함.

4) 一片丹心과 같음.

5) 지극히 화려한 누각이란 뜻으로 여기서는 대궐을 뜻함.

6) 천 길이나 되는 산등성이 위.

7) 궁전, 임금님의 조서라는 뜻도 있으나, 여기서는 목과 날개가 붉은 봉황새를 말함.

8) 큰 집의 대들보감.

7.

하늘이 놉프시더 人인間간事스룰 술펴시고

鬼귀神신이 그윽ㅎ되 보기룰 잘 ㅎㄴ니

ㅎ믈며 엇더ㅎ신 우리님을 속이로려 ㅎㄴ다 (右 寓意一曲)

8.

觀관城셩縣현9) 士스民민들아 이 내 말슴 드러스라

先션輩비ㄴ 글을 닑고 百백姓셩은 밧츨가니

萬만一일에 聖셩主쥬德덕化화10) 곳 아니면 이ৎ치 편홀쏘냐

(右 警民一曲)

9.

즘싱즁 개란 거시 졔 님자룰 스랑ㅎ니

개도 그러커든 사롬이야 닐올소냐

그러코 背배主쥬後후君군11)ㅎ면 개 罪죄人인 될가 ㅎ노라

(右 感狗一曲)

---

9) 함경남도 이원군의 옛 이름.

10) 임금님의 덕행으로 백성을 감화시킴.

11) 주인을 배반하고 임금 섬기기를 뒤로 미룸.

10.
手슈陳진매[12] 손을 씌워[13] 쐬깃치[14] 방울드라
秋츄山산 夕셕陽양의 놉히밧고[15] 나셔시니
아마도 丈쟝夫부의 豪호風[16]풍은 이 뿐인가 ᄒ노라 (右 調鷹一曲)

---

12) 매의 일종, 손으로 길들인 매.
13) 매 길들이는 일손을 이따금씩 하여.
14) 표시하기 위해 매 꽁지에 덧꽂아 맨 새 깃.
15) 높이 떠받치고, 높이 들고.
16) 기개가 좋고 의협심이 있는 기풍.

참고문헌

1. 자료

金履翼, 『觀城雜錄』

金履翼, 『金剛啓蒙』

金履翼, 『金剛永言錄』

『國朝榜目』

『國朝寶鑑』

『英祖實錄』

『正祖實錄』

『純祖實錄』

『弘齋全書』

『承政院日記』

2. 단행본

국어국문학회, 『가사문학연구』, 정음사, 1979.

고순희, 『조선후기 가사문학 연구』, 박문각, 2016.

김려 저, 강혜선 역, 『유배객, 세상을 알다』, 태학사, 2007.

김이익, 『金剛啓蒙』 권5(貞), 「金剛名篇解」, 〈記夢〉, 한국학중앙연구원 장서각, 한국학자료총서 52, 2015.

김인걸 외, 『정조와 정조시대』, 서울대학교 출판문화원, 2011.

김문식, 『정조의 제왕학』, 태학사, 1997.

류연석, 『가사문학의 연구』, 국학자료원, 2003.

박광용, 『영조와 정조의 나라』, 푸른역사, 1998.

박연호, 『가사문학 장르론』, 다운샘, 2003.

박현모, 『정치가 정조』, 푸른역사, 2011.

박현모, 『정조 사후 63년-세도정치기(1800-63)의 국내외 정치 연구』, 창비, 2011.
_____ 『정조 평전』, 민음사, 2018.
배우성, 『독서와 지식의 풍경』, 돌베개, 2015.
송감준, 『실학사상과 근대성』, 예문서원, 1998.
송양섭, 『18세기 조선의 공공성과 민본이념-손상익하의 정치학, 그 이상과 현
       실』, 태학사, 2015.
안대회, 『정조의 비밀 편지-국왕의 고뇌와 통치의 기술』, 문학동네, 2010.
_____, 『정조치세 어록』, 푸르메, 2011.
역사비평편집위원회, 『정조와 정조 이후』, 역사비평사, 2017.
오영교, 『세도정권기 조선사회와 대전회통』, 혜안, 2007.
유봉학, 『정조대왕의 꿈 - 개혁과 갈등의 시대』, 신구문화사, 2001.
_____, 『연암일파 북학사상 연구』, 일지사, 1995.
_____, 『개혁과 갈등의 시대-정조와 19세기』, 신구문화사, 2008.
이경구, 『조선후기 안동 김문 연구』, 일지사, 2007, 164~165쪽.
이능우, 『가사문학론』, 일지사, 1977.
이성무·정만조 외, 『조선후기 당쟁의 종합적 검토』, 한국정신문화연구원, 1992.
이재식, 『유배가사』, 물레, 2004.
이태진, 김백철 엮음, 『조선후기 탕평정치의 재조명』 상·하, 태학사, 2011.
이태진 편, 『조선시대 정치사의 재조명』, 범조사, 1985.
정재호, 『한국 가사문학의 이해』, 고려대학교출판부, 1998.
정흥모, 『조선후기 사대부 시가에 나타난 세계 인식』, 월인, 2001.
한글학회, 『한국지명총람』 15 전남편, 1983.
『서남해 섬과 유배 문화』, 문화재청 국립해양문화재연구소, 2011, 153쪽.
미조구치 유조, 『중국의 공과 사』, 신서원, 2004.

3. 논문

강전섭, 「〈금강중용도가〉에 대하여」, 『한국학보』 11권 3호, 일지사, 1985, 209~
       212쪽.
_____, 「『금강영언록』 연구서설」, 『동방학지』 53, 연세대학교 국학연구원, 1986,
       215~301쪽.

고순희, 「18세기 정치현실과 가사문학-〈별사미인곡〉과 〈속사미인곡〉을 중심으로」, 『어문학』 제78호, 2004.

고창석, 「조선조의 유형제도와 제주도」, 『탐라문화』 5, 제주대 탐라문화연구소, 1986.

김경숙, 「조선시대 유배형의 집행과 그 사례」, 『사학연구』, 55~56호, 한국사학회, 1998.

_____, 「조선시대의 유배길」, 『역사비평』 67, 역사비평사, 2004.

김경호, 「슬픔은 어디에서 오는가 - 신체화된 마음을 중심으로」, 『철학탐구』 31집, 2008.

_____, 「유학적 감성 세계와 공감」, 『감성연구』 1, 전남대학교 호남학 연구원, 2010.

김문기, 「가사 한역의 목적과 한역기법」, 『국어교육연구』 29, 국어교육연구회, 1997.

_____, 「가사 한역가의 현황과 한역 양상」, 『모산학보』 10, 동아인문학회, 1998.

김성윤, 「정조의 경세론과 효제윤리」, 『한국실학연구』 23, 한국실학학회, 2012.

김영기, 「유배문학론」, 『현대문학』 147호, 현대문학사, 1976.

김석근, 「조선시대 군신 관계의 에토스와 그 특성」, 『한국정치학회보』 29집 1호, 한국정치학회, 1995, 95~124쪽.

김영민, 「친족 집단의 정치적 정당성: 세도정치의 이념적 기초 해명을 위한 시론」, 『한국학논집』 47, 계명대학교 한국학연구회, 2012.

김용흠, 「19세기 전반 세도정치의 형성과 정치운영」, 『한국사연구』 132, 한국사연구회, 2006.

김정자, 「정조대 전반기의 정국 동향과 정치세력의 변화(1)」, 한국학논총 37집, 국민대학교 한국학연구소, 2012.

_____, 「순조대 정국의 동향과 시전정책의 추이」, 『역사와 현실』 94호, 한국역사연구회, 2014.

김정주, 「유배가사 표현 어휘의 특성 고찰」, 『한국언어문학』 41, 한국언어문학회, 1998.

_____, 「유배시가 내용의 특성 고찰」, 『인문과학연구』 17집, 조선대 인문과학연구소, 1995.

김진호, 「정조 15년(1791) '장서사건'과 채제공」, 서강대학교 석사학위논문, 2001.

김태희, 「김조순 집권의 정치사적 조명」, 『대동한문학』 43집, 대동한문학회, 2015.

김학성, 「가사의 실현과 과정과 근대적 지향」, 『근대문학의 형성과정』, 문학과 지성사, 1983.

_____, 「가사의 장르성격 재론」, 『한국시가문학연구』, 신구문화사, 1983.

_____, 「가사의 정체성과 담론 특성」, 『한국고전시가의 정체성』, 성균관대 출판부, 2002.

김혜숙, 「유배가사를 통하여 살펴본 가사의 변모 양상」, 『관악어문연구』 8집, 서울대 국어국문학과, 1983.

남정희, 「18세기 경화사족의 시조 향유와 창작 양상에 관한 연구」, 이화여자대학교 박사학위논문, 2002.

_____, 「18C말-19C초, 김이익의 유배 체험과 〈금강중용도가〉 창작에 관한 고찰」, 『어문연구』 91집, 어문연구학회, 2017.

박광용, 「조선후기 탕평 연구」, 서울대 박사학위논문, 1994.

박현모, 「세도정치기(1800-1863)의 정국운영과 언론 연구: 순조시대를 중심으로」, 『동양정치사상사』 제6권 제1호, 한국동양정치사상사학회, 2007.

서원섭, 「思美人曲系 가사의 비교 연구」, 『論文集』 11집, 대구 경북대학교, 1967.

송정헌, 「김이익의 유배시문 연구-『관성잡록』을 중심으로」, 『국어교육』 90, 한국국어교육연구회, 1995, 129~151쪽.

심재우, 「조선 전기 유배형과 유배생활」, 『국사관논총』 92집, 2000.

_____, 「영조대 정치범 처벌을 통해 본 법과 정치-을해옥사를 중심으로」, 『정신문화연구』 33, 한국학중앙연구원, 2010.

양정화, 「유배가사의 담론 특성과 사적 전개 양상」, 성균관대학교 박사학위논문, 2014.

우부식, 「유배가사연구」, 충남대학교 박사학위논문, 2005.

윤정, 「18세기 국왕의 '문치' 사상 연구」, 서울대학교 박사학위논문, 2007.

이경구, 「조선후기 안동 김문의 의리관」, 『조선시대사학보』 64, 2013, 133~160쪽.

_____, 「정조와 세도정치 이해를 위한 세 가지 고려」, 『내일을 여는 역사』 68, 재단법인 통일시대민족문화재단, 2017, 26~37쪽.

이근호, 「조선후기 '공(公)' 담론 연구의 현황과 전망」, 『역사와 현실』 93, 한국역사연구회, 2014.

이상보, 「유와 김이익의 시가 연구」, 『어문학논집』 6, 국민대학교 어문학연구소, 1987, 5~43쪽.

이승남, 「유배가사의 사회적 의미와 문학적 해석」, 『동악어문논집』 26집, 동악어문학회, 1991.

이승환, 「주자 '분노'관의 도덕심리학적 고찰」, 『동양철학』 40집, 동양철학회, 2011.

이원주, 「가사의 독자」, 『조선후기의 언어와 문학』, 형설출판사, 1980.

이재식, 「유배시조 범위 재고」, 『건국어문학』 제21·22집, 건국대학교, 1997.

_____, 「유배가사연구」, 건국대 박사학위논문, 1993.

이현주, 「유배가사연구」, 전남대 박사학위논문, 2001.

_____, 「유배가사에 나타난 체험인식과 표현양상」, 『고시가연구』, 한국고시가문학회, 2007.

임혜련, 「순조 초기 정순왕후 수렴청정기의 관인 임용양상과 권력 관계」, 『한국학논총』 41, 국민대학교 한국학연구소, 2014.

장덕순, 「유배가사시고」, 『국문학통론』, 신구문화사, 1969.

장선영, 「조선시기 유형과 절도정배의 추이」, 『지방사와 지방문화』 4-2, 역사문화학회, 2001.

장수현, 「사미인곡계 가사 연구」, 서울대 석사학위논문, 2001.

정대현, 「슬픔: 또 하나의 실존 범주」, 『철학』 100, 한국철학회, 2009.

정원영, 「조선후기 붕당의 명분론적 갈등에 대한 연구」, 한국정신문화연구원 한국학대학원 박사학위논문, 2002.

정익섭, 「流配文學小攷」, 『无涯 양주동 박사 화갑기념 논문집』, 동국대, 1963.

정인숙, 「19세기 초 사대부 시가의 한 국면—김이익의 유배가사를 중심으로」, 『국문학연구』 31, 국문학회, 2015, 39~66쪽.

_____, 「금강영언록 소재 김이익의 유배 시조 연구」, 『반교어문연구』 43집, 반교어문학회, 2016, 231~256쪽.

지철호, 「조선전기의 유형」, 『법사학연구』 8, 한국법사학회, 1985.

차기진, 「조선후기 信西, 攻西의 대립과 斥西論의 성격」, 『교회와 역사』 191호,

한국교회사 연구소, 1991.
최미정, 「충신연주지사에서의 주체와 타자」, 『국문학연구』 18, 국문학회, 2008.
최상은, 「유배가사의 작품구조와 현실인식」, 한국정신문화연구원 석사학위논문, 1983.
_____, 「유배가사의 보수성과 개방성」, 『어문학연구』 4집, 상명여대, 1996.
_____, 「유배가사 작품 구조의 전통과 변모」, 『새국어교육』 65집, 한국국어교육 학회, 2003.
최성환, 「정조대 탕평 정국의 군신의리 연구」, 서울대학교 박사학위논문, 2009.
최오규, 「流配歌辭에 나타난 의미표상의 심층구조분석」, 『국제어문』 1집, 국제대 학교, 1979.
최현재, 「조선시대 유배가사의 흐름과 경향성」, 『한국시가연구』 33집, 한국시가 학회, 2012, 63~93쪽.
Erikson, E. H. 에릭슨, 김난수 외 역, 「노화의 심리사회학적 양상」, 『노인재활』, 군자출판사, 2005.

찾아보기

저자 남정희

이화여자대학교에서 한국 고전 시가를 전공했고, 같은 대학에서 「18세기 경화사족의 시조 향유와 창작 양상에 관한 연구」로 박사학위를 받았다. 현재 홍익대학교에서 시조가사론과 국문학 일반론을 가르치고 있다. 근래에는 18세기 사대부 유배가사를 통해서 조선조 지식인이 체험했던 시련과 고통이라는 삶의 국면들이 어떻게 시가로 형상화되는지를 살펴보고 있다. 연구 저작으로는 「〈속사민곡〉에 나타난 유배 체험과 연군 의식 고찰」, 「18세기 京·郊 지역 시조 향유의 일단과 경화사족」, 「18세기 후반, 이방익의 〈홍리가〉에 나타난 유배 체험과 인식 고찰」, 「〈무인입춘축성가(戊寅立春祝聖歌)〉에 나타난 유배 체험 형상화의 이면과 의미」, 『18세기 경화사족의 시조 창작과 향유』, 『생각 잇기, 명저로부터 쓰기』 등이 있다.

19세기 초엽, 김이익의 유배 현실과 유배 시가의 창작

2019년 8월 5일 초판 1쇄 펴냄

지은이 남정희
펴낸이 김흥국
펴낸곳 보고사

책임편집 이소희
표지디자인 손정자

등록 1990년 12월 13일 제6-0429호
주소 경기도 파주시 회동길 337-15 보고사 2층
전화 031-955-9797(대표), 02-922-5120~1(편집), 02-922-2246(영업)
팩스 02-922-6990
메일 kanapub3@naver.com / bogosabooks@naver.com
http://www.bogosabooks.co.kr

ISBN 979-11-5516-918-6 93810
ⓒ 남정희, 2019

정가 15,000원